Der alte Bürger-Capitain
oder
Die Entführung

Karl Malß

Lustspiel in zwei Aufzügen

Vorrede.

Es werd in der Weld viel Spas jetzt gemacht,

Drum war ich, Ihr Leut, uf aach ähn bedacht,

Er kimmt net von Minche, net von Berlin,

Aach net von Leipzig, net emol von Wien;

Bei uns in Frankfort, do is er geheckt,

Drum glab ich, Ihr Borjer, daß er Eich schmeckt.

Spas versteht er, des wähs ich recht gut;

Lacht iwer mein, er mecht kän behs Blut.

Es sagt schond e Remer vor Dausend Jahr,

ridendo castigat mores

Des häßt uf Deitsch ganz sonneklar:

Lacht net blos, denkt ach iwer den Zores.

Drum hoff ich net, daß äner iwel nimmt,

Wann im Komedi zum Vorschein er kimmt:

Offezier, Ferschte, Kaiser un Judde,

Derke, Heide, Kabbezinerkutte

Korzum des ganze menschliche Lewe,

Muß Stoff un Nahrung dem Lustspiel ja gewe.

Seegt äner er hätt sein Sach net doher,

Se sagt em, daß er e Lijener wehr;

Des W a h r e scheppt jeder aus der Natur,

Er gibt em dann noch e anner Muntur,

Seegt er dann er hets selbersch erdacht,

Glabts net, er hot wos weiß Eich gemacht,

Kän Dichter dicht so aus dem Kopp eraus,

Wann was Lewendiges er will schaffe,

Unner die Mensche muß er enaus,

Dann schafft er aach Mensche kän Affe.

Derft mer net mehr die Mensche kopire,

Was blieb dann noch iwrig uffzefihre?

Langweilig mißts ums Theater stehn;

Mer mißt dann ins Hundskomedi gehn.

Des is mein Ansicht von dere Sach,

Es gibt noch e feiner, des wähs ich aach.

Es werd aach e mancher Dummkopp sage,

Der het kenne was Gescheidersch mache.

E Gescheider werd's halte vor Bosse,

Die Fräd will ich em herzlich gerne losse.

Mir thut er den greßte Gefalle dermit,

Duht er aach lache, so lach ich noch mit.

Em annern werd die Sproch net gefalle,

Des kennt awer nor e Auswärtiger sein;

Dann ze Frankfort redde S o mer alle;

Gros, klän ähner wie der anner so fein.

's Hochdeitsch is net de Frankforter ihr Sach,

Es reddes manche, es is aach dernach,

Un selbst im Kasino kimmt d i e Woor net vor,

Liewer Franzeesch net wohr?

Fregt dann e Mann, der uff Weld sich versteht,

W i e hot er, odder w a s hot er geredd?

Es redd jo e jeder nach seinem Schnawwel,

Der Preiß seegt die Jabel mir die Gawwel,

Der Franzos seegt *Serviett* un mir Salvet.

Es redd jo käner wie's geschriwe steht.

Wann ich mein Lustspiel het hochdeitsch gemacht,

Gewiß, es het Niemand driwer gelacht.

Hot dann des Hochdeitsch e Privilegium,

Dumm Gezeug ze mache un ze schreiwe?

Beinah selt mer mehne es wehr so drum,

Von Spas wehr nix Guts mehr uffzetreiwe.

For Bosse un Speß baßt unser Sproch aach,

So gut wie e anner, des is kän Frag.

E Prebge dervon wehr uffzeweise;

Net genug kann ichs lowe un preise,

Es is der Prorekter[1] grad wie er war;

Des Ding bleibt noch scheen in hunnert Jahr.

Der Bub, dersch gemacht hot, was gilt die Wett,

Des war, Ihr kennts glawe, kän Dummkopp net,

In unsern Buwe stickt e brechtig Blut,

Zieht ersche besser, se wern se aach gut.

Drum Vätter un Mitter, baßt allezeit

Uff, uff der Kinner Spiel un Lustbarkeit,

Dann wer d i e Sach vor änerlä helt,

Kennt net die Mensche, noch die Weld.

In de Spiele der Kinner do blinkt ihr Schenie,

Se sein ihr prophetisch Bijegraphie;

Es hot gewiß meistens der Bunebart

In friher Jugend Saldatges gespielt,

Un sein Kamerade in ihrer Art,

Hawenen als Derann recht gefihlt.

Der Mozart hot als Kind von neun Johr,

Mer sellt beinah mehne, es wer net wohr,

Konzerte kombenirt, aus ägenem Plesir,

Se sein besser, als manche Alte ihr.

Der Schiller war aach noch so halbwechsig,

Wie die Räuwer er hot zum Vorschein gebracht;

Es is manches drinn iwwerrechsig,

Doch wie gros wie erhawe is es gedacht!

Noch en Dichter nenn' ich Eich gern:

Es is der Geethé[2] mit Orde und Stern.

Der zehlt wähs Gott for mehr als for Sechs,

Un is doch aach nor e hiesig Gewechs.

Uff'm Herschgrawe sieht mer noch des Haus,

Wo er gebohrn is, es sieht wie e annersch aus.

Es geht im Dag e mancher verbei,

Guckt enuff und denkt nix derbei;

D e m war als Bub des Boppespiel sein Spas.

Er hots selbst gespielt. Wer wisse will, was?

Der lese die Lehrjahrn un sein Lewe,

Die kenne am Beste Auskunft gewe.

Doch wie als Dichter d e r schond war gekreent,

Wer hette vor Zeite d e s wohl gemeent,

Mecht er aus dem F a u s t , dem Boppespiel,

E Dragedie voller Krafft un Gefihl.

Es duht aach in dem scheene Gedicht,

Manch scheen und trefflich Bildge vorkomme,

Dem mer ganz klar und deitlich ansicht,

Er hot's aus'm Frankforter Lewe genomme.

Es wärn noch der Jahre viele vergehn,

Eh e Frankforter widder so wos mecht.

Ach! die Verscht wos sein die so scheen!

O Weh! wos sein Mein dergegen so schlecht.

Verscht wärn bei uns ziemlich viel jetzt gemacht

Un mit Reime sich Dag und Nacht geplagt,

Es deht awwer Noth mer steckt an die Lichter,

Ze suche in dene Verscht die Dichter.

Ich muß mich jetzt gehorschamst empfehle,

Kann mich mit Verscht net länger mehr quele.

Es is emohl so e Brebge geweßt,

Drum hoff' ich, daß er mit Nachsicht se leßt;

Ich bin jo kän Dichter von Profession,

Im Verschtmache hatte ich nie Lection;

Es is nor so e Newegeschefft,

Dervon mer sich wenig odder gar nix keft.

Mein Name brauch ich Eich net ze nenne,

Ich wähs, es duht mich doch e jeder kenne,

Doch soviel sag ich Eich noch ganz geschwind

Daß ich bin und bleib e F r a n k f o r t e r K i n d .

F r a n k f u r t im Februar 1820.

Bei späteren Aufführungen des Bürgercapitains auf hiesiger Bühne fand man es angemessen, vorstehende Vorrede als Prolog von dem Leibschützen Miller sprechen zu lassen, zu welchem Zwecke durchweg für i c h und m i c h man (Frankfurtisch m e r) und statt der letzten vier Verse nachstehender Schluß gesetzt wurde:

Es braucht sich aach Niemand ze scheeme,

Wär er studirt, odder gar von de Vornehme,

Wann er gelacht hot aus Herzensgrund

Iwwer des Stick denn lache is gesund.

Zu dem hot mer aus sichern Quelle,

Daß aach der alt Herr Geethé driwwer gelacht,

Wer hett' nor noch denke selle,

Daß uff so en Mann, des Ding en Eindruck macht.

Hierdorch awwer sieht mer, daß wann er schond lebt drauß,

Der Frankforter noch net is aus em eraus,

Es verlägent ja käner so leicht sein Geschlecht,

Selbst wann er im Stich läßt sein Borgerrecht.[3]

Jetzt hoffe mer awwer, daß aach in Eich

Noch die alt Frankforter Lustigkeit stickt,

Halt er Eich aach net zum dreißigste mal[4] die Baich,

So wern mer doch heint mit Ihne Ihrem Beifall beglickt,

Dann des Lisi, der Miller, des Gretche, der Kabbedehn',

Wern duhn ihr Schuldigkeit   Ich meen!

Fußnoten

1 Ein Schulgespräch in Frankfurter Mundart, das vor ohngefähr 26 Jahren von einem Primaner geschrieben worden: es ist voller Originalität und in seiner Art klassisch. Der Verfasser gesteht gerne, daß diese Kleinigkeit ihm die erste Idee zu gegenwärtiger Komödie gab.

2 Göthe.

3 Göthe gab sein Bürgerrecht auf.

4 In der dreißigsten Vorstellung.

Personen.

Kimmelmeier, Gastwirth und bürgerlicher Capitain.

Lieschen, seine Tochter.

Gretchen, seine Nichte.

Weigenand, Doctor in spe, Lieschens Liebhaber.

Von Daxowitz, Cornet bei einem Freicorps.

Miller, Leibschütz des 15. Quartiers.

Eppelmeier,

Dappelius,

Knorzheimer,

Schmuttler,

Leimpfann, , Bürger.

Ein Buchdruckergesell.

Drei Mägde.

Drei Knechte.

Zwei Tambours.

Zwei Pompiers.

Die Zeit der Handlung d. J. 1814.

Erster Aufzug.

Die Bühne stellt die Wirthsstube des Capitains vor; vorn links ein Fenster auf die Straße, rechts eine Seitenthüre in des Capitains Zimmer, auf derselben Seile ganz im Vordergrunde ein langer Tisch und Stühle für die Schoppengäste; gegenüber nahe am Fenster sitzen Lieschen und Gretchen mit weiblichen Arbeiten beschäftigt.

LIESCHEN. Wo nor der Vatter bleiwe duht?

GRETCHEN. Was fregst de mich? M i r seegt ersch net, wo er hin geht.

LIESCHEN. Mer werd doch froge derfe; es kennt ja sein de wißt's. No loß nor jetz gut sein. Der Mann is de liewe lange Dag uff de Bähn, wo ersch gar net braicht, un wo ersch noch owedrein net vertrage kann mit seim Gicht. Awer sag emohl selbst Gretche, des Lahfe, des is sein änzig Frähd, un die muß mer'm gunne. Sein Kabbedehnschaft hot dorch de Primas aach e End gemacht krieht, so daß er jetz nix mehr hot, als wie die Spritze im Kwatier.

GRETCHEN. Un is Kwatier-Vorstand un Brunnemähster.

LIESCHEN. Ja un Bennergeschworner. Geb emohl der Schawell en Stumper. *Gretchen schiebt Lieschen mit dem Fuße den Schemel zu.* Sag emohl, wie warsch dann gestern uff dem Bahl hinner der Roos, schehn odder aach net?

GRETCHEN. Ach so scheen! awer e bißi ze voll un aach ze gemähn;'s is gar kän Uffsicht bei de Billietter; so nach zehe witscht allerlä Gezeig errein.

LIESCHEN. Guck, ich bin blos dem Weigenand ze Gefalle dehäme gebliwe, dann guck der arm Schelm greemt sich gar ze sehr, wann ich danze gehn un er is net derbei; er hot awer aach recht, dann so wie's zehe Uhr vorbei is, do lafe schon unser vornehme junge Herrn im Saal erum, redde Franzeesch, lache iwer unser ähn, gucke e jed Medge ins Gesicht, daß es e Schann is, un halte sich iwer Esse und Drinke un die Musik uff; do kann gar kein hanett Medge mehr do bleiwe. 'Sis e Schann for so scheene Herrn, sich so uffzefihrn, wo doch so viel Geld an ihr Erziehung verschwend werd. *Eifrig.* Awer mer selts net mehr leide; es is ja e geschlosse Gesellschaft. Ich wolt e mohl sehe wann unser ähns uff ihrn Kasinobahl keem was es do geeb. Ei nor der Weigenand sellt emohl hin gehn, un wann mersch recht beim Licht betracht, so hot mein Aagust dreimohl mehr Condewitte, als so e stolzer Kaafmanns-Sohn. Ach! es is gar e gut Kerlche, mein Aagust, guck un so gescheid, un guk un hat mich s o lieb, guck des Lewe leßt er for mich, un daß er doch nor e fremd Medge angucke deht. Gestert noch hawich en Freiwillige gefrogt, der mittem im Feld war, der hat gesagt, mit Medergern het er sich gar net abgewe.

GRETCHEN. Des glab der Deiwel, awer ich net. Do mißt mer die Mannsleit net kenne! Verspreche duhn se viel, awer halte wenig; und derzu die Frankforter. Ja wanns noch e Fremder wehr.

LIESCHEN. Netwohr weil dir e Fremder die Kur mecht. Apripo! hot der Vatter noch nix gemerkt?

GRETCHEN. Ach geh eweck! du meenst, des Husärche? wo wern ich mich mit em Offezier abgewe, der heirath ähm doch net. Spas mach ich gern mittem, dann er is gar ze lustig, un er redd' so aartlich, so fremd. Un wann mer aach so eme Mensche e freindlich Wort gibt, was is dann des? des muß mer jo schond der Kundschaft halwer duhn.

LIESCHEN. Ach Gretche, was bist du for e Medge! mer sieht recht, was de for gute Freindinne host. Laß dich um Gotteswille von der Kurmacherei eweck und bleib ähm getrei, der dich aach heirathe duht. Du kannst e mal dein ganze gute Ruf verliere; un was hat e Medge bessersch als den?

GRETCHEN. A loß! des is mei Lewe, wann ich recht lustig unner vornehme junge Leit bin, und kann mich recht fein unnerhalte und so e Paar in mich verliebt mache, des is mein ähnzig Frähd; mer erfehrt doch do aach, wie sich e Frauenzimmer compertire muß.

LIESCHEN. Ach, Gretche wie dauerscht de mich, daß de so denkst! des is net der Weeg zum Glick. A e h n gern hawwe, un i m m e r a n d e n denke, a l l e Dag neue gute Aegenschafte an em entdecke, en a l l e Dag liewer hawwe, und endlich g a r net mehr von em losse, deß is e Frähd, die mer gar net beschreiwe kann, wanns ähm net selbst emal so war.

GRETCHEN. Ich verstehn dich! Geh mer nor mit deim Aagust, der wehr nix for mich. Galant is er gar net; ich hab noch net gesehn, daß er der Ebbes kaaft hot, en Kamm, e Schälche odder sonst so was Klänes. Do is zum Beispiel der Herr Leidenamt ganz annerschter, der hot immer Confect bei sich, waart mit allerlä uff, un is des net, so brengt er mer Bicher aus der Lesbibledeek for die Bildung.

LIESCHEN. Mein Aagust hot mer schond oft so Presenter mache wolle, awer des leid e orndlich Medge net von eme Mensche, den se lieb hot. Ich hab' sein Herz, un bin zufridde. Und e Mensch wie mein Aagust, der werd schond e Versorjung finne; un so wie er die hot, so hot der Vatter nix mehr einzewenne.

GRETCHEN. A bapperlabab, wer werd so frih heirathe! de häßt sich jo die schenst Zeit von seim Lewe verderwe. Es kann sich e Medge in ihrm leddige Stand noch viel Plesir mache, die se sich als Fra vergehn losse muß. Die Stub ze reiwe, die Fenster ze buzze, Kinner ze wesche un schlofe ze lege, un en besoffene Mann ins Bett ze brakleziere, doderzu is noch immer Zeit. Hat mer aach iwer mich resennirt, ich het mich mit vornehme junge Herrn abgewe, so nemmt mich doch noch e Handwerksmann un kann Borjer uff mich wärn.

LIESCHEN. Hehr uff mit deim Geschwetz, es werd mer iwel! Ich wähs doch, daß es dein Ernst net is. Awer ähns gremt mich doch Gretche, du gehst in gar kän Kerch mehr; du bist am Sunndag erscht widder dernewe geloffe.

GRETCHEN. Es is net wohr, ich war dehäm, un hab anere Garnirung geneht. Gearweit is aach Kerch gehalte.

LIESCHEN. Des is nu net wohr M a m s e l l . Der W ä r t d a g is for die Arweit, un der S u u n d a g for die K e r c h .

GRETCHEN. Wie kannst de nor so schwetze in unsere uffgeklehrte Zeite?

LIESCHEN. Schwei still, es is nix mit der Uffklehrung! der Weigenand hot mersch lang un brät aus ennanner gesetzt; er hot gesagt, mer mißte widder fromm wärn, wie unser Alte warn, sonst megte mer uns stelle wie mer wollte, mer brechte's zu nix. Ach! er hot so scheen gesproche wie e Kandidat, noch scheener, dann guck, er is ganz hitzig worn un hot s o en rothe Kopp kricht.

GRETCHEN. Ja des is aach so e Scheinheiliger; un du, du lähfst doch nor de junge Parrer ze gefalle enein. Bei de alte Parrer is es mit Medergern gar net besetzt.

LIESCHEN. Geh eweck mit deim Lästern, du bist schon halb verlohrn. Ich gehn Sonntags in mein Kerch, mach du was de willst. Ach Gretche geh doch nor ähmol widder mit. Guck am Sonntag hawich e Preddig in der Spitalskerch geheert, so hab ich noch niemals ähn geheert, es war der Parrer Kraft der se gehalte hot; lang hat se net gedauert, es is kän Wunner, dann er soll se von der Kanzel erunner aus dem Kopp gehalte hawwe; es hot se e jedes verstanne, un alles hot geflennt, sogar der englisch Gummi der mit seine vier Iwerreck an der Diehr gestanne hot, ich bin dem Mensche seitdem lang net mehr so bees. Guck, alles wor veränigt, ich glab die greßte Feind hette sich verziehe. Er hot grad von der Feindschaft gepreddigt, wie sich die Mensche ennanner lieb hawwe mißte, un wie mer uff die schwache Sinder net an ähmfort druff los resonnirn sellt, sonnern, wie mersche suche sellt zu bessern.

GRETCHEN *beklommen.* Ach loß gut sein! Ich ging gern emohl widder mit, awer, ich bin so lang net drin gewese, ich ferchte mich orndlich.

LIESCHEN. Ja so gehts! Umsonst hots unser Herrgott net so gemacht, daß mer den siwete Dag Gottes Wort heern soll; dann der Mensch is net do druff eingericht, daß er ohne

Schadde viel bese Gedanke lang in sich behalte kann; desweege is es gut, wann sem wechentlich ausgetriwe wern. Ich wähs es, es is ähm noch der Kerch immer so leicht.

GRETCHEN. Nemmst de mich mit bis Sonndag?

LIESCHEN *voller Freude ihr die Hände fassend.* Ja gewiß! Bleib mer awer nor bei dem gute Vorsatz, un währ mer net wankelmithig, wie geweneglich.

GRETCHEN. Nä! *Läuft ans Fenster.* Guck emohl geschwind Liesi, do reit der Werthssohn von Nidder-Linkenem der bei Gebrider Hampelmann Gummi wor, der is jetzt e Ruß; was er en Schnorrbart hot, er is Kriescummesähr.

LIESCHEN. Wann mer uff all die Schnorrbärt gucke wollt, die mer jetzt sieht, do het mer viel ze duhn.

GRETCHEN. Awer guck nor, ich bitte dich, wos d e r sein Gaul springe leßt un die Schildwacht bresentirts Gewehr. Was es doch e Mensch in der Welt weit brenge kann! Wer het sich von d e m so was vor zwä Jahr träme losse! *Sehr vergnügt.* Er mecht mer e Komblement, guck nor Liesi! *Sie nickt wieder.* des is scheen, wann mer sein alte Freindinne nicht vergeßt. Es is e scheener Mensch, die Ahneform steht em recht gut, guck nor!

LIESCHEN. Ich hawe kän Gedanke do druff.

GRETCHEN. Wos kimmt do vor e Menschespiel die Gass' erunner?

LIESCHEN *geht ans Fenster.* Es werd die Barzenelle sein.

GRETCHEN. Nä, es rumpelt mer doch so viel derbei.

LIESCHEN. Es sein gewiß räsende Engelenner mit Postwäge wo die Frauenzimmer uff dem Bock sitze un lese, un die Herrn hinne druff stehn.

GRETCHEN. Es sein die Kwatierspritze, die wärn widder ins Spritzehaus gefahrn; es is grad vier Uhr, do lahfe so viel Bube mit.

LIESCHEN. Do kimmt ja aach der Vatter mit dem Leibschitz.

GRETCHEN. Wo dann?

LIESCHEN. Do; siehst' en net?

GRETCHEN. Ach ja, do steht er. Alleweil mache die Herrn Spritzemäster ihr Comblement.

LIESCHEN. Un der Herr Stadtbaumäster.

GRETCHEN. Alleweil geht er dem Haus erein.

LIESCHEN. Des Butzi mecht schond sein Spring der Trepp eruff.

Zweiter Auftritt.

Die Vorigen, der Capitän, der Leibschütz Miller.

Letzterer öffnet die Thüre, der Capitain tritt gravitätisch herein.

LIESCHEN. Gun Dach Vatter!

GRETCHEN. Gun Dach Herr Unkel!

CAPITAIN. Guten Dach, ihr Medergern! Des war widder e stermischer Morjend heint Morjend kähn Ageblick Ruh.

MILLER. Ja Herr Kabbedehn, des is net annerschter! Die Spritz will aach browirt sein, so gut wie e Kumedi, awer e Kunzert.

CAPITAIN. Er hot recht Millerche. Es war aach e recht Schauspiel. Wie majestätisch das Wasser net gen Himmel gespritzt is! Bis iwern englische Hof enaus, Gott solls wisse! Warum warn dann der Herr Ariedant Rosestengel nicht derbei?

MILLER. Se warn zu Haus, se hatte ewens dringende Geschäfte.

CAPITAIN. Ja zu Hause werd er geweßt sein, do werd er aach drinkende Geschäfte gehatt hawe.

LIESCHEN. Vatter Sie sin ja uff dem Buckel ganz naß.

CAPITAIN. Halts Maul, Hahlgans, un unnerbrech mich net, wann ich von Stadtangelegenheite redde duh. Awer Millerche heint hot mer widder recht gesehn, wie's in der Welt zugeht: die zwä Schläich hawe gerennt, die Pump war eingerost korz nix war in seiner Verfassung.

MILLER. Ja Herr Kabbedehn ich wäß net, es is heint ze Dag gar kän Uffsicht in dene Sache mehr; e jeder mecht nordst was er will, vorablich die Hahnzeler. Awer Gott verdamm mich, Herr Kabbedehn, des Wasser läft dem Ihne Ihrige Buckel in Streme erunner.

CAPITAIN. Ich kann mersch schond denke des wor der ohsig Atzelberjer, der hot mer e mohl den Schlauch uff den Buckel gehalte. Wann nordst bei dene Bumpjeh morliteerisch Ordnung wehr, wie beim Landstorm, Gott selts wisse, er mißt mer uff die Mehlwaag.

Gretche heng e mohl mein Hut an die Wand *Reicht ihr den Hut.* Liesi, do is mein Barick und do mein Rock *Er gibt Lieschen Perücke und Rock mit feierlichem Anstand.* Millerche mein Schlofrock! *Der Leibschütz bringt mit vieler Ceremonie einen Schlafrock und zieht ihn dem Capitain an.* So *Er setzt sich in den Lehnstuhl; kleine Pause.*

LIESCHEN. 'S is mer alle mohl Angst, wann die Spritz browirt werd, gewehneglich brennts bald druff.

CAPITAIN. Do dervor wolle uns Gott bewahrn; awer wanns doch den Winter noch der Fall sein sellt, se wünscht ich es deht Morje brenne, weil grad jetzt die Anstalte so scheen derzu getroffe sein. Do kennt mer sich widder recht auszächene. No wie is, ihr Medergern, is noch Niemand do gewese?

LIESCHEN. Nä.

CAPITAIN. Kän Mensch?

GRETCHEN. Nä kän Mensch.

CAPITAIN. Aach net der Weigenand?

LIESCHEN. Nä liwer Vatter.

CAPITAIN. Ich sage dersch Liesi, des Ding mit dem Weigenand wird mer ze arg. Der Mensch läft den Dag zwanzig mohl am Haus vorbei, un kimmt zehe mohl eruff. Wann de mer kän End draus mechst, se derf er mer net mehr ins Haus.

LIESCHEN *etwas naseweis.* Die Werthsstub kenne se'm doch net verwehrn!

CAPITAIN. Awer Dir kann ich se verwehrn; korz der Weigenand, des is kän Mann vor dich, der kann kän Fra ernehre.

LIESCHEN. Wann er awer e Amt krieht, derf ich en do heirathe?

CAPITAIN. Ja, baß uff, sie wern dern dutzwitt zum Sengnater mache.

LIESCHEN. No, wer wähs; mer hot schond ganz annern Sache erlebt. Ich wartenem, und selt ich waarte so lang bis ersch zum Stadtschultes gebracht het; ich nemme kän annern.

CAPITAIN. Des werd sich seiner Zeit ausweise. Jetzt awer leid ich so kän Liebhabersch-Commersch in meim Haus.

Dritter Auftritt.

Die Vorigen. Ein Buchdruckergesell.

BUCHDRUCKER. Herr Kwatiervorstand.

CAPITAIN. Was? hier is net von vorstehn die Redd! Kabbedehn bin ich, wann e r s c h wisse will.

BUCHDRUCKER. Nor nix vor ungut, Herr Kabbedehn, do sein Dausend Verordnungen aus der Druckerei, de selle heint noch im Kwatier erum gewe wern.

CAPITAIN. 'Sis gut! *Bei Seite.* hot aach Zeit bis Morje.

BUCHDRUCKER *geht ab.*

CAPITAIN. Miller! guck er emohl was es is.

MILLER *besieht eine Verordnung.* Es is von wege der Inkwatirung. Wer en Offezier im Kwatir hot, der soll en uff dem Kwatir-Amt erbeigewe. Der Stadtkummedant hots befohle; es gewe sich so viel for Offeziern aus, die gar kän nicht sein, un duhn sich bei den Borjer lege.

CAPITAIN. Gut! Laaf emohl gleich enuff uffs Kwatir-Amt, un sag mer hätte so ähn, mer wißt gar net recht, zu welchem Kohr er geheern deht, es wer e halwer Ruß un e halwer Preiß. Schon vier Woche leg er bei uns.

GRETCHEN. Gleich Herr Unkel! *Bei Seite.* Mein Husärche? des wern ich scheen bleiwe losse, des derf mer net auskwatirt wern. *Ab.*

CAPITAIN. Do werd mer doch aach emohl die ewig Unruh los, die klän Krott mecht en Spektakel im Haus

Vierter Auftritt.

Die Vorigen. Der Cornet.

CORNET *Säbel und Tschako beim Hereintreten auf einen Tisch werfend.* Das war mal wieder eine Attaque gewesen, aber ich habe die Kerls Mores gelehrt.

CAPITAIN. No was hots dann schond widder gewe?

CORNET. Stellen Sie sich vor lieber Capitain. Gestern war ich in dem Theater, man gab die Jungfrau von Orleans, eines der besten Kunstwerke für die deutsche Bühne. Nun können Sie sich wohl denken, daß wenn man dieses Stück in Berlin, auf einem Berliner Theater, von Berliner Schauspielern gesehen hat, man es unmöglich in Frankfurt ansehen kann. Jott strafe mir! die Kerls spielen man so steif, und deklamiren so schlecht. Ach Capitainchen, von Mir mußten Sie mal den Talbot sehn Wundervoll! Na, wieder zur Geschichte: ich stand im Parterre, neben mir ein Mensch in Civilkleidern mit einem Schnurrbart, welcher sich einige Raisonnemangs über das Stück erlaubte, aber uff Ehre, so unsinnig und ungebildet, daß man auch nicht eine Spur von Bildung an ihm bemerkte, welches ich ja von jedem gebildeten Manne verlange. Im Zwischenakt sagt' ich ihm: wie in Teufels Namen können Sie, mein Herr, an dieser uff Ehre, erbärmlichen Aufführung Geschmack finden? Die Schauspieler reden ja nicht mal schriftteutsch! Was geht das Sie an, mein Herr? sagt er mir. Herr, hab ich ihm darauf geantwortet, Jott straff mir! vergessen

Sie sich nicht, ich bin Leutnant der Teutschen Legion, ich hab für die jute Sache gefochten, Teutschland befreit.

CAPITAIN. Des is schond oft do gewese.

CORNET. Kurz und gut, E i n Wort gab das andere; er war Offizier und Edelmann, ich forderte ihn, wir schlugen uns, aber, strafe mir ein juter Jott! ich hab' ihm eene ausgewischt, *comme il faut.*

CAPITAIN. Er lebt doch noch?

CORNET. J, ja, er lebt noch, wird aber in der Folge schon höflicher sind.

CAPITAIN. Miller, mer misse jetzt noch den bewußte Gang duhn. *Zu Millern leise.* Ich muß nordst mache, daß ich von dem osige Babbelmaul fort komme. *Geht mit dem Leibschützen ab.*

Fünfter Auftritt.

Der Cornet. Lieschen.

CORNET. Na, Mademoiselle Lieschen!

LIESCHEN. No, Herr Leidenamt!

CORNET. Sie beseelt doch immer dieselbe Stille, dieselbe Gelassenheit, dieselbe Anmuth, dieselbe

LIESCHEN. Ich bitt' Ihne, schweie se Herr Leidenamt, ich hab Ihne schond oft gesacht, daß ich kän Kombelementer net leide kann.

CORNET. J du meine Jüte, das sind keene Complimente nicht, Wahrheiten sinds man A propos! Wie kömmt's, daß Mademoiselle Gretchen nicht hier ist?

LIESCHEN. Sie is nor wohin, werd awwer gleich widder do sein. Sie wern verzeihe, der Vatter rieft. *Läuft schnell ab.*

Sechster Auftritt.

DER CORNET *allein.* Na uff Ehre, wenn mich Eene nicht leiden kann, so ist es diese, aber um so besser stehe ich bei der Nichte angeschrieben, die hab ich schon ziemlich kirre gemacht. Das Mädgen ist, Jott straf mir! verliebt wie eine Gatze. Die muß mit, wenigstens bis Leipzig, da kann man sie wieder retour schicken. Laß sehen, ob mir heute mein Proschekt gelingt, sie zu einer Entführung zu beschwatzen. Vorgearbeitet habe ich, glaub' ich, schon ziemlich gut, mit Romanen aus der Lesebibliothek. Stille, es kommt jemand singend die Treppe herauf! Ich kenne die Stimme, es ist Gretchen, der kleine süße Schelm.

Siebenter Auftritt.

Der Cornet. Gretchen.

CORNET *auf Gretchen zueilend, ihr die Hand küssend.* Schönes, einziges Gretchen

GRETCHEN. Ich bitt' Ihne.

CORNET. Sie waren man ausgegangen?

GRETCHEN. Ja, un wann Se wißte wo.

CORNET. Na?

GRETCHEN. Deß seegt mer net eso.

CORNET. Wenn ich dir aber bitte, Gretchen?

GRETCHEN. No ich will der'sch nor sage. Du host selle auskwatirt wern

CORNET. Ich ausquartirt? Mir ausquartiren? Wer mir ausquartiren?

GRETCHEN. Ei, des Kwatiramt

CORNET. Donner und Doria! Das Quartieramt wird's man bleiben lassen, ich bin Offizier, und einen Offizier von der tapfern Legion, einen Sieger von Moskau, von Lützen, von Culm, Bautzen und der Katzbach wird man nicht ausquartiren. *Er greift nach dem Säbel.* Jott verdamme mir! ich muß hin, die Kerls rannschiren

GRETCHEN. Um Gotteswille net!

CORNET. Kein Pardon!

GRETCHEN. No hehr nor, ich bitte dich, besinn dich, was de duhst.

CORNET *bei Seite.* Ja! ja! ohne Zweifel ist der Stadtkommandant mir auf der Spur und will meinem Leutnantsthum ein Ende machen. Eine infame Geschichte! es ist aber ernstlich Zeit, daß ich fortkomme. *Er eilt auf Gretchen zu und faßt ihr beide Hände.* Nun erzähle weiter Gretchen, und verzeih mir meine Hitze. Sieh, Engelsmädgen, wenn ich man in der Rage komme, so kenn' ich mir selber nicht.

GRETCHEN. No ich warn uff dem Kwatiramt, un hab gesorgt, daß de noch bei uns bleibst, Lieber.

CORNET *voll Entzücken.* Himmlisches Mädchen! *Affektirt schwermüthig.* Schade nur, daß vielleicht sehr bald wir uns trennen müssen. Grausames Schicksal, du willst nicht haben, daß Gretchen die Meinige werde.

GRETCHEN. Wie?

CORNET. Treffliches Gretchen, ich kann Dir es länger nicht mehr verhehlen; ich muß eilends Frankfurt verlassen. Mein Vater will, daß ich sogleich auf e i n s seiner Jiter reise, um die Verwaltung desselben zu übernehmen.

GRETCHEN. Ach, was mechst de mich so unglücklich!

CORNET. Süßes Gretchen, folge mir dahin!

GRETCHEN. Ach! mit der gehn Nä, mein Lebtag net.

CORNET *zärtlich.* Gretchen!

GRETCHEN. So lieb ich dich hab, awer ich thu's net.

CORNET. Aber das Glück unsers Lebens hängt davon ab. Und wenn du bleibst, welche Zukunft erwartet dir in diesem Hause? Sieh Gretchen, du reisest mit mir anf das Jut, dort sorge ich für unsere Trauung durch unsern Pastor. Wir reisen zu meinem Vater, werfen uns zu seinen Füßen, er verzeiht und du bist ewig die Meine!

GRETCHEN. Ach! thu mer net so weh, mach mer'sch Herz net so schwer.

CORNET. Jott straf mer! Gretchen, ich lese in deinen holden Augen, du willigst ein.

GRETCHEN. Kann ich annerscht: ich hab dich zu lieb.

CORNET. Na, so laß uns auch die erste beste Gelegenheit benutzen zu entfliehen.

GRETCHEN *beherzt und freudig*. Bis Sunntag, wann alles in Bernem is.

CORNET. Ja wahrlich, ist nur das Haus einmal rein, für Postpferde stehe ich dann. Du wirst mal Augen machen, wenn du die Residenz siehst, und meine Jiter.

GRETCHEN. Ich höre kommen?

CORNET. Laß uns das Nähere hier neben besprechen.

Beide gehen durch die Seitenthüre links ab.

Achter Auftritt.

WEIGENAND *allein.* Wenn ich nicht irre, so hört' ich eben den verdammten Deutsch-Ruffen, oder was er sonst ist, hier sprechen. Sprechen? Lärmen, wollt ich sagen, denn der Bursche lärmt, prahlt und schreit nur. Dem Kerl ist auch nicht zu trauen, er macht den Mädchen hier im Hause die Köpfe toll. Mag er immerhin; mein Lieschen macht er mir nicht toll, denn das liebe, gute Kind liebt nur m i c h . Sie ist so gut, so sanft, so anspruchslos. O! ich Glücklicher! Wenn nur der alte Capitain nicht so wunderliche Ideen hätte. Je nun, ich kanns ihm nicht verdenken, daß er sein einziges Kind mir armen Teufel nicht auf geradewohl geben will. Nur Geduld! eine Versorgung wird wohl auch kommen, und wenn d i e nur einmal da ist, da ist auch Lieschen mein. Ja so denke ich ob aber der alte Capitain auch so denkt, das ist noch eine große Frage. Warum sollte er es aber nicht? Er wird doch sein Lieschen am Ende keinem Andern versprochen haben? Das wird sich am besten zeigen, wenn ich geradezu um ihre Hand bitte. Frisch gewagt ist halb gewonnen! *Ab in das Zimmer des Capitains.*

Neunter Auftritt.

MILLER *allein.* Ich hobs ja immer gesagt: der Herr verleßt ähm net. Gott Lob, Morje is e Leicht! Der Herr Fennerich Zipper is schon widder gestorwe. Es is, Gott strof mich, traurig!

Frisch un gesund hot er sich ins Bett gelegt, un doht is er widder uffgestanne. Es war gar e braver Mann, Gott hob en seelig; wann ich nordst noch an sein letzt verwiche Fennerichs-Mohlzeit gedenke, des wor e Mohlzeit, wie seit Kindskinner is kän gehalte worn, un wie seit Kindskinner kän werd gehalte wern. Zwä Mähne voll Brohte hot mein Fra häme gebrocht, benebst verzehn abgengige Botelle Wein, die noch voll worn, un ähneverzig Spahn-Säuerchern sein in allem verzehrt worn. Gott im Himmel, wos is for e Borschelinern Dellerspiel druff gange! dann mir Menner, mir Leibschitze und sonstige Perschone vom Borjermeletär, die uffgewahrt hawe, mir hawe kän sonnerlich Attanschion uff die Deller gewe kenne. Wie die Herrn Borjeroffizier emohl e bißi lustig worn, do hawwe se mit uns ihren Schawwernack getriwwe; mir hawe se Werscht in die Batrandasch gesteckt; do hawich en awer gesagt: Meine Harrn, wanns Ihne Vergnige mache duht, se stecke se immer zu, dann mein Batrandasch is Worschtdicht. Hä! hä! hä! hä! Ich glawe nu ganz bestimmt, daß wann mer die Harrn selwige Obend in e feindlich Land gebrocht hett, se hette des Kind im Mutterleib net geschont. Von dem seelig verstorwene Herrn Fennerich seim Herr Schwoger, dem Herr Derrgemißhenneler Batzeläb, die warn domoliger Zeite Ariedant bei der Oddelawantgard, hab ich von der Fra Liebste en Dukkate Dosehr krieht, weil ich den Herrn Ariedant so glicklich hähme geliwert hat. Sie hatte sich damals sehr iwernomme No, des kann awer dem scheenste Mann baßirn. Wann mersch nordst morje net aach eso geht: d e s F l e i s c h i s t s c h w a c h, häßt in der Schrift, und beiere Leicht, do werd aach orndlich zugesproche, zemohl wann dem Verstorbene seelig sein Gesundheit getrunke werd; und Owends vom Drehnemahl will ich ganz schwele. Die Leicht werft mer doch was scheenes ab. Zwä Gulde zwä e Verzig for's Lähd anzesage zwä Gulde zwä e Verzig als Kreitztreger dann lehn ich die Däge und liwer die Flehr, des mecht aach als e Guldener Finf. Un di Zitrone die nemm ich an Zohlung widder retur, do werd den Awend Bunsch dervon gemacht. Ach! deht nor alle Woch ähner abfahrn, die Leibschitze dehte aach bald

Heusercher Spikelation baue.

Weigenand und Lieschen kommen betrübt aus des Capitains Zimmer.

Aha! un do, do riech ich e Hochzeit, werd widder verdient, un wo's Hochzeit is, do is bald

Kindtaaf, do steht unserähner in der Staatsmuntur hinne uff der Kutsch; mecht aach widder

en Browenner. Jetzt gehn ich zum Harr Kabbedehn mit der Melding von de heuntige

Vorfallenheite. *Ab in des Capitains Zimmer.*

Zehnter Auftritt.

Weigenand. Lieschen.

WEIGENAND. Ach!

LIESCHEN *seufzt ebenfalls.*

WEIGENAND. Gar keine Hoffnung soll ich mir machen, sagte er!

LIESCHEN. A loß! des Hoffe kann er uns net verwehre, ich bleiwe der trei, un wann's noch

e Johr dauert. Ich kenne mein Vatter, er is net eso bees, als wie er duht; am End krie mer uns doch noch enanner. Ich hab noch kän Comedi gesehn, un noch kän Buch gelese wo's net aach so komme wehr.

WEIGENAND. Liebes Lieschen, du hast Recht Geduld, Liebe und Treue müssen jetzt unsere Losungsworte sein.

LIESCHEN. Ach am End segt er doch Ja, wann er nor emohl sieht, daß

WEIGENAND. Daß ich Etwas bin. Höre Lieschen mit dem Doctorwerden wird's nun auch bald vor sich gehn. Das Geld dazu habe ich beisammen und dies ist die Hauptsache. Und hier *Auf den Kopf deutend.* ist in fünf Jahren auch manches zusammen gescharrt worden.

LIESCHEN. Ja Doctor, des is awer nix bei der Stadt!

WEIGENAND. Freilich nicht, aber es ist das Mittel vorwärts zu kommen. Und wenn ich den Versicherungen meiner Gönner Glauben beimessen darf, so ist nach erlangter Doctorwürde mir eine Anstellung gewiß.

LIESCHEN. Ach! des is ja herrlich Awwer heer, um ähns muß ich dich doch noch bitte.

WEIGENAND. Nun?

LIESCHEN. Du mußt net mehr so oft in's Haus komme, des meegt den Vatter noch volligster bees mache.

WEIGENAND. Ich dich nicht mehr sehen! Nein, nimmermehr!

LIESCHEN. Des kann ja doch geschehe. Du wäßt, ich bin beinah alle Awend bei meiner Fra Geetche, do kannst de mich jo immer hähm fihrn. Wart nor so gegen Acht am Eck von der Hasegaß.

WEIGENAND. Ei! ei! so fromm und doch so listig Es bleibt dabei, morgen Abend halb Acht gehe ich auf meinen Posten. Leb' wohl! *Ab.*

Elfter Auftritt.

LIESCHEN *allein.* Ach, was is des for e braver Mensch! jed Minut hab ich en liewer: es gibt nor ähn Aagust, ich dausche mit kähm Medge in ganz Frankfort. Was er redde kann es is manchmal so scheen wie uff dem Theater un doch laut's nett eso. Ich hammich als orndlich gescheemt em Antwort ze gewe, weil ich gemeent hab, von der Lieb kennt mer nor hochdeitsch spreche. Un ja, ähnmohl da haw ichs emohl browirt; do sagt ich zu em: wenn doch unser scheenes Verhältnüß ewig grünen blübe. Do hot er mich awwer gejagt! Er hot's aach gleich gerothe, daß mich's die Gretche gelernt hot; un die hots aus Bicher.

Zwölfter Auftritt.

Lieschen, Capitain und Miller kommen sprechend aus der Seitenthüre.

MILLER. Ja, Herr Kabbedehn, so is es un net annerschter. Iwermorje brezis um 8 Uhr im Sterbhaus in der Bennergaß Ledera *M* No. 911 in Baradi- Mundur, Scherf un Däge mit Flohr, un sellts allenfalls regene, so geht alles in Barbeleh vor sich

CAPITAIN. Awwer doch in Stiwel?

MILLER. Näh, nix Stiwel Herr Kabbedehn, alles in Schuh und Strimp. Der Zuck geht iwern Remerberg, dorch die Neukreem, iwern Liebfrabährg, un net dorch die Poort erdorch, weil sich's do stoppe meecht, sonnern iwern klähne Herschgrawe, dann do an der scheppe Kanzel erum, do wohnt e Herr Vetter von dem seelige Verblichene. Dann gehts iwern Roßmark, do bleeßt der Kathrine-Terner, un iwer die Zeil uff de Peterschkerchhof; do werd er getrage von vier Borjer, zwa Gelätsreiter, zwä Schitze, zwä Bumbjeh, un vier Kabbedehne halte die Zippel.

CAPITAIN. Ja so hammersch ja schond efter gehatt.

Dreizehnter Auftritt.

Die Vorigen. Eppelmeier. Dappelius.

EPPELMEIER. Guten Dach, Herr Kabbedehn; Nemme Se Platz Herr Dappelius

DAPPELIUS *indem er sich nieder.* Nach gethaner Arweit

EPPELMEIER. Erlawe Se, des geht hier net eso, des sin schon dem Herr Knorzheimer sein Platz rikkeleh e bißi enuff. Es hot hier e jedwelcher sein Platz.

DAPPELIUS. Des is recht! alles sein geweißte Weeg in der Weld! *Zu Lieschen.* Brenge Se emohl e Botell Wein.

EPPELMEIER. Nix do, i c h wärn bestelle; Herr Kabbedehn losse se uns e Botell von dem bewußte Elfter von Anno 92 zukomme, hä! hä! hä!

CAPITAIN. Geh Liesi, hol emohl ähn, mit dem schwarze Sichel.

LIESCHEN. Ja gleich, befehle se aach en Kruk Selzerwasser?

CAPITAIN. Wie kannst de nor so ähnfällig froge? d i e Herrn trinke kän Selzer Wasser.

EPPELMEIER. Wasser duht's freilich nicht! Wer werd so e Weinverderwer sein! Nicht wohr, Herr Dappelius?

DAPPELIUS. Es scheint, die annern Herrn wolle sich nicht so zeitig heint einstelle.

CAPITAIN. Se stehn schon e Weilche drunne uff der Gaß; se misse was ze verschneide hawe. Der Schmuttler fachirt abscheulich. *Zum Fenster hinaus.* Meine Herrn komme se eruff, der Wein werd sonst kalt.

DAPPELIUS. Ja vom kalte Wein ze redde; do bin ich letzt nach Haus komme mit ere kläne Spitz, mein Fra lag schond im Bett, es war so zerka ähn Uhr; do hot se ferchterlich gebrummt. Do sagt ich awwer, willst de schweie, du host gut redde, du leist do in deim warme Bett un ich muß uff d e r harte Bank sitze, un d e n kalte Wein drinke; do hot se awwer gelacht! Es geht nix iwer en gute Einfall.

EPPELMEIER. Des war e Einfall wie e alt Haus!

Vierzehnter Auftritt.

Die Vorigen. Knorzheimer. Schmuttler.

KNORZHEIMER. Fehlemich ihne, meine Herrn!

SCHMUTTLER. Aha! Herr Eppelmeier guten Owend! sein S i e aach schon do Jungfer Liesi wie gewehneglich, un e Brehdge mit Umstände. *Lieschen ab.*

KNORZHEIMER. Sein Sie aach emohl widder do Herr Dappelius, des is recht, daß se sich widder einsinne. Ich bleiwe des ganze Johr in der Freindschaft, netwohr Herr Kabbedehn?

CAPITAIN. Des is aach recht, Herr Vetter. No was hammer Neues meine Herrn?

EPPELMEIER. De Schnuppe hawich, wolle se mer'n abkase, Herr Kabbedehn, was gewe se dervor?

CAPITAIN. Nä! was hammer Neues? Spas i ba!

SCHMUTTLER. Nix als Krieg un Dorchmersch!

MILLER. Ja, es kimmt so viel Volk, daß sich der Parrtherner bald de Othem ausbleeßt un die weiß Fahnel fengt an schworz ze wern.

SCHMUTTLER. Uff was deite awer die Dorchmersch?

KNORZHEIMER. Uff was? uff Krieg!

DAPPELIUS. Es werd jo in de Niederlande e Armee zesamme gezoge.

SCHMUTTLER. In de Nidderlande? un do keme se h i e dorch?

DAPPELIUS. Ei wo dann annerschter, Alles muß dorch, Frankfort, e jeder suggelt nordst an Frankfort.

EPPELMEIER *indem er sich und Dappelius einschenkt.* Er redt aach wie ersch versteht. Ich wärn Ihne was saage *Alle hören ihm aufmerksam zu.* Des is nicht eso zu verstehn, als sellt alle Last uff die Stadt alleins gewälzt wärn. Mer muß unsere hohe un weise Herrscher nicht gleich so kretensire, ohne von denjenige Sache instropirt ze sein. Ich wähs es, ich derf nordst mein Mann net nenne, *Geheimnißvoll.* awwer ich habs von eme Mann, dersch wisse kann. Des Volk des hie dorchkimmt, des geht zur Aperationsarmee an Rhein, die observirt nordst, damit die in de Nidderlande frei Spiel hawe. Es scheint mer nun hierherauffer hervorzegehn, daß, bei eme ausbrechende Krieg, des Kriegstheater sich von unserm pollittische Horizont entfernen werd. Es is iwrigens aach de Zeitungsschreiwer verbotte, ebbes von dene Dorschmersch ze schreiwe, domits die Franzose net gewahr wärn.

CAPITAIN. Das is nu recht, dann wann mer d e n e Mensche nicht Einhalt deht, die dehte Kaiser un Reich verkafe.

DAPPELIUS. Wann se sich erinnern, wos hot so e Borsch in de Neunziger Johrn, ze Kistins Zeite angestellt!

SCHMUTTLER. Ja mit dene Messer?

MILLER. Messer? den Deiwel aach! Bankenetter warn's.

KNORZHEIMER. Es war e Klubist von Meenz

DAPPELIUS. Der die Stadt dorch sein Geschwetz ins Unglick gerennt hot, do derdorch, daß er gesagt hot, die Frankforter Berjer hette die Franzose mit Messern doht gestoche.

SCHMUTTLER. Nein, des wor pure Verläumdung, so wos duht en Frankforter Berjer nicht. Er is freilich Manns genung sein Feind ins Gesicht anzegreife, wie mer aus dem Uffruf der Schitzegesellschaft ersehe hot, awwer sein Feind hinner seim Ricke ricklings ums Lewe ze bringe, nein, sog ich noch emohl, des duht en Frankforter Berjer nicht.

CAPITAIN. Nein gewiß nicht!

DAPPELIUS. Es hot sich awwer erwisse, daß kän Berjer Antheil genomme hot; sonnern daß es die domolige Hesse allähns geweße sin.

EPPELMEIER. Des war aach in der Ordnung! Dann die hawe ihr Schuldigkeit gethan. Der Berjer awwer muß sich in dem Soldat sein Gescheft nicht mische.

CAPITAIN. Liesi, breng mer emohl en Schoppe for mich.

EPPELMEIER. Aach gleich e Botell for uns!

CAPITAIN. Herscht de, for die Herrn noch e Botellg!

LIESCHEN. Ja. *Sie geht den Wein zu holen.*

SCHMUTTLER. Mein? was ich doch sage wollt, hawe se nix neheres iwer die am Sonntägige Vorfallenheit in Ginnem uff der Kerb geheert, Herr Eppelmeier?

EPPELMEIER. In Ginnem? Nä!

CAPITAIN. In Ginnem? was hots do gewe?

SCHMUTTLER. Schmiß hots gewe, awer wersche kriet hot wähs ich net, un wer se ausgedählt hot, wähs ich aach net.

MILLER. Der Ginnemer Schulthes hot se kriet un e Bollezey. Wann se erlawe, ich wähs die ganze Vorfallenheit.

CAPITAIN. Millerche verzehl, wann des wäßt.

MILLER. Iwwer den schebbe Knanzel is es angegange. Der war der Ihne draus geweßt mit dem Barickemacher Rivillié, der als dem Oschero die Hoorn geschnitte hot. Die hawe dem Bunnebart des Wort geredt, und hawe gesagt, die Franzose kemte widder.

EPPELMEIER. Meent mer dann, daß es noch solche Menscheart von Mensche gewe kennt?

MILLER. Ja, se hawe awwer ihrn Lohn! Knapp hotte se ausgeredt, so hot der Knanzel en Eppelweinkruck uff die Kapp geworfe kriet. Von wem? wähs mer net.

KNORZHEIMER. Ganz recht, es wohr e Gährtner vom Kihornshof.

MILLER. Do druff is es ewens angegange, un es hot alles immer duschur uff die zwä hergeloffene Kerl druff geschmisse, so daß der Rivillié halb dohd ins Feld ennin geloffe is. Jetzt kam der Schulthes mit em Bollezey un wollt Ruh stifte. Do wollt awwer der Bollezey partu den Gährtner arretirn. Do is awwer gesagt worn, der Mann weer e Borjer, un hät Fra und Kinner, den derft mer net arretirn. Do hot awwer der Bollezey gesagt, Borjer hin, Borjer her!

DAPPELIUS. Un der Schulthes der hot noch den Herr Mähr im Kopp, der hot die Leit mit Salvevenia Volleile gehäße.

MILLER. Ja so warsch! Nach diesem hawe se ewens den Bollezey un den Schulthes ferchterlich zugericht: dem Bollezey hawe se des Nasebähn verschmisse.

CAPITAIN. Des wor recht, hette sen doht geschmisse!

MILLER. Se hawe awwer geklagt

EPPELMEIER. Loßt se klage, se hawe ihr Feng, die nemmt en der jung Herr Borjermäster gewiß net ab.

KNORZHEIMER. Was is dann am Parthorn ze duhn? des Parreise hot heint so voll Mensche gestanne, die enuff geguckt hawe.

DAPPELIUS. Ah, im Dumm buzze se die Fenster.

EPPELMEIER. Ich hob schond gedacht es werd e Gerist angemacht, die alte Junfern wollte de Parthorn bohne, hä, hä, hä.

MILLER. Erlawe Se, es häßt der Kaiser wollt sich frisch kreene losse.

CAPITAIN. Des kennt nix schadde.

Fünfzehnter Auftritt.

Die Vorigen. Schreiner Leimpfann.

LEIMPFANN. Allerseits gun Owend!

CAPITAIN UND MEHRERE ANDERE. Gun Owend Herr Leimpfann.

LEIMPFANN. Keller Junfer Liesi wollt ich sage, e Partion Speensau un e Schoppe Wein, awwer aach e Salvet, wann ich bitte derf. Se kenne se anrechne Herr Kabbedehn.

CAPITAIN. Liesi, Alleh dutzwitt, wo stickt dann die Gretche?

LIESCHEN. Sie hot ja d i e Woch die Woch in der Kich!

LEIMPFANN. No! was sage se dann derzu, der Herr Fennerich Zipper is gestorwe; ich mache de Leichtkorb for ihne.

EPPELMEIER. Mer wisse's schond. Awer es hähßt die Fra Fennerichin wehr aach krank.

LEIMPFANN. Vor mir die is es ewens die de brave Herr Fennerich geliwert hot, mit ihrer osige Schward. Hot se mer net ewe e Maul angehenkt, wie ich des Moos zum Leichtkorb genumme hab, weil ich die Fieß net am Kratzeise abgebutzt hab.

DAPPELIUS. Ja! in dere Fra stickt viel ze viel Vornehmigkeit. Ich wollts er awer austreiwe, wann ich ihr Mann wehr.

SCHMUTTLER. Ja, die Weiwer hawe den Deiwel im Leib mit Vornehmduerei; mer kann se gar net korz genug halte. Des geht in ähm fort bald e mohl noch Bernem, bald e mohl noch Owerrod, bald e Collegbahl, bald e Mittwochsbunnemang. Des kennt mern noch nochsehn; awwer dann soll der Mann for de Staat derzu sorje, do misse se Schleier, un englische Hiterchern hawe, un Feddern druff dann hähßts, liewer Mann kaaf mer doch e poor Halbstiwel un en altdeitsche Riddekiehl, un wie se des Deiwelszeug nochenanner hähße.

EPPELMEIER. Ja, for die Lumbereye kennt e ordentlicher Mann manche Schoppe Wein trinke!

LIESCHEN. Fuy Deiwel, scheme se sich, so ze redde Herr Eppelmeier!

EPPELMEIER. Spas! Spas! pure Spas! Awer heint Junfer Liesi, misse Se ins Comedi gehn, zwä Sticker for ähns.

DAPPELIUS. Des is nix! Letzt hawe se ämohl finf uff ähn Awend gespielt, groß und klähn dorchenanner.

LIESCHEN. Do hot mer aach wos for sein Geld!

KNORZHEIMER. Nä; awwer heint solls scheen wärn!

SCHMUTTLER. Es reit gewiß ähner uff em Gaul?

EPPELMEIER. Oder hot der Deiwel den ohsige Barbelehmacher von Wien widder do?

DAPPELIUS. Nä! Se wern e recht Schaustick mit Verwannelunge uffihrn.

EPPELMEIER. Was heint gewe werd is e Singstick.

LIESCHEN. Wie häßts?

EPPELMEIER. Wann mer recht is: Der Kalif von von Bacherach.

LIESCHEN. Ha, ha, ha, Sie mähne den Kalif von Bagdad, des is schond uralt. Und des anner?

EPPELMEIER. Des is e traurig Schauspiel, des is der Babelino, der große Apetit. *Alle lachen.*

LIESCHEN. Daß sie alles verkehrt lese misse. Abällino der große Bandit häßts

EPPELMEIER. Ich hab mich nordst verredt. Erre is menschlich; *humanium, erarium est.*

SCHMUTTLER. Dausend Dunner, der Eppelmeier redt Lateinisch!

EPPELMEIER. Des will ich mähne, ei eh zwä Johr vergehn, redt alles lateinisch. Der dritt Mensch, dem mer uff der Gaß begegne duht is jo e Adfekat.

CAPITAIN. Odder e Doktor Medikus.

EPPELMEIER. Die Theologisch Facilität is aach iwersetzt.

DAPPELIUS. Fakeleteet, wolle se sage. Mein Sohn werd einstens studirn, awer kähns von dene drey. Er genießt e schlecht Gesundheit, un do soll er die Sach net ze heftig angreife. Ich loß en sich uff die Dippelematick werfe.

SCHMUTTLER. Des is aach so e Gedippels!

KNORZHEIMER. Muß er dann studire? kann er kän Handwerk lerne!

CAPITAIN. Sie heerns jo! Herr Knorzheimer, er genießt e schwächlich Gesundheit.

KNORZHEIMER *bei Seite.* E scheen schwechlich Gesundheit, frißt alle Morjend en Schweinehaschpel zum Frihstick.

EPPELMEIER. Dorin liegt ewens des Unglick der Staate, daß käner kän Profession mehr lerne will. Ich losse mein Sohn inzwische er viel Anlage hot, nicht studire aus pure Grundsatz, dann Ehr un Emter stehn em doch uff; un hot mer net Beispiel von Exempel, daß ähner noch so viel studirt hot, un is n i x worn, un e annerer, der g a r nix studirt hot der hots w e i t gebrocht?

DAPPELIUS. Redde Se mer nicht do dervon, Herr Eppelmeier! Wos mecht dann eme Vatter die greeßte Frähd, als wann sein Herr Sohn von der Undenverschendeht zerick kimmt un hat brumlefiert? Ich hab dasjenige an dem meinige Elteste erlebt. Der hot dorch sein Studirn sein Vatter, und sogar Doktern, die schond zwanzig Johr braclizire, an Verstand iwertroffe.

CAPITAIN. Ah wos! wann ähner kähn Verstand mitgenomme hot, so werd er aach kähn widder mitbrenge. Do is jo gleich der Dokter Katzeaag, des is nu e gratelirt Persohn, der mecht des Dags die scheenste Schriffte, un Owens, wann er hieher kimmt, redt er so dumm, wie en Oos. Un Zeug mache se jo mit dem verrickte Hofrath, ärger als wie die Buwe mit dem narriche Wolf.

DAPPELIUS. Sein se fertig Herr Leimpfann? Wohl bekomms!

MILLER. Gott seegens Ihne Herr Leimpfann! Ich winsche viele folgende.

LEIMPFANN. Danke, Herr Miller! Breng er mer emohl mein Pfeif. Tuwack hab ich kähn, ich wärn mer awwer vom Herrn Eppelmeier seim Kräitge ausbitte.

EPPELMEIER. Mit Vergnige! *avec bocco Blesi,* segt der Franzos. *Reicht ihm den Tabak hin.*

DAPPELIUS. *Ah! vous barl france, Musjé Eppelmeyer.*

EPPELMEIER. *Oui Mussje aussi in pé (un peu).*

CAPITAIN. Langsam, meine Herrn, Sie hawe ja erscht annerthalbe Schoppe, do redd mer noch kän franzeesch dervon.

KNORZHEIMER. Mit Verlaab, gewe Se emohl des Blettge Herr Kabbedehn.

CAPITAIN. Miller hol er emohl des Blettge.

MILLER. Do is es, Sie wolle gewiß die erneuerte Offebächer Worscht-Verordnung von anno 1648 nachsehn?

KNORZHEIMER. Nä! Es duht gewiß e sehr scheen Dodes-Anzeig von dem Herr Fennrich Zipper drinn stehn: Erlawe Se nor en Ageblick, bis ichs uffgesucht hab. *Indem er in dem Intelligenz-Blatt blättert, spricht er folgende Anfänge einzelner Sätze in einem brummenden Ton vor sich hin.* Bekanntmachung nix Prelusiv nix Alle diejenigen, welche an den verstorbenen hiesigen Bürger nix Zur Heilbronner Bleiche der Schornsteinfeger Milz nix In der Debitsache hochlöbl. Recheney-Amt nix Ein solides Frauenzimmer, nix; zwei kupferne Brantweinkessel Ich warne hiermit Niemand auf meinen Namen Dodesanzeige, do is es! Ich wärn se Ihne vorlese.

CAPITAIN. Uffgebaßt! *Er setzt die Brille auf um besser zuzuhören.*

KNORZHEIMER *lies.* »Mit dem innigsten Dankgefühl, und nicht ohne Schmerz über den harten Schicksalsschlag, der ihn aus unserer Mitte zu jenem bessern Leben riß, zeigen wir einem verehrten Publikum an, daß am 6ten dieses Nachts um 10 Uhr mein theurer Gatte, wie auch Fähnrich des löblichen 15. Quartiers und Handelsmann dahier, an den Folgen einer Magenschwäche, die viele Jahre schon an seiner irdischen Hülle genagt, sein thatenreiches Leben und Dasein endigte. Wer den Seeligen kannte, wird nicht ohne

Schmerz die Leutseeligkeit seiner Gestalt, sich ins Gedächtniß zurückrufen, und ohne den gefühlreichen Gedanken in seinem Herzen aufkeimen zu lassen: O! lebte doch der Edle noch! Was er uns war Gatte, Vater und dem Quartier als Fähnrich, das suche ein jeder seiner Mitbürger in seiner eignen Brust. Unser Schmerz aber verkriegt sich in unsere blutenden Herzer. Ruhe seiner Asche!

Zu gleicher Zeit machen wir hiermit bekannt, daß die Wittib des Entschlafenen, vor wie nach, das Spezerey-Geschäft fortführt und um geneigten Zuspruch bittet, besonders empfiehlt sie, die von sich selbst sich empfehlende Kernseife,«

Anna Barbara Zipperin

Fehnrichin.

Peter Heinrich David Zipper,

Johann Hartmann Zipper,

Jesaias Joachim Zipper,

Thekla Euphrosina Zipper, , Die vier ungezogene Kinder des Verstorbenen.

CAPITAIN. Scheen, sehr scheen! kenne se mer net sage wer die Dodesanzeig gemacht hot?

KNORZHEIMER. Der Candedat au der Dollkerch.

CAPITAIN. Der soll mer aach mein mache, wann ich sterwe *Man hört auf der Straße* »Feuer!« *rufen.*

LIESCHEN. Herr Jeche! es brennt!

CAPITAIN *zum Fenster hinaus.* Wo?

EINE STIMME *auf der Straße.* Hinnerm Pandhaus!

Die Gäste springen von ihren Sitzen auf, einige leeren eiligst noch ihren Schoppen. Sie laufen durcheinander, suchen ihre Hüte, vergessen zu bezahlen und wollen orteilen.

CAPITAIN. Bleiwe Se, meine Herrn! Es werd wahrscheinlich nor e blinder Lerme sein. Gucke Se, es is nix wie Beckerraach! *Die Gäste kehren um und wollen bezahlen.* Dann so lang ich noch net sterme hehr, so lang glaab ichs net.

LIESCHEN *am Fenster.* Ach! der Himmel ist Feuerroth!

CAPITAIN. Stermts?

LIESCHEN. Ja Vatter, wanns nor net

CAPITAIN. Schwei Still e bißi. *Jeder der Anwesenden bleibt unbeweglich stehen und horcht, man hört die drei Schläge der Sturmglocke, bei dem letzten Schlag rennen alle Gäste zur Thür hinaus.* Millerche mein Muntur!

Sechszehnter Auftritt.

Die Vorigen. Zwei Tambours. Zwei Pompiers.

POMPIER. He Kabbedehn, den Schlissel zum Spritzehaus!

CAPITAIN. Gleich!

TAMBOUR. Selle mer trummele?

CAPITAIN. Trummelt dorch alle Gasse! *Man hört auf der Straße trommeln.* Alle Hagel! des Merliteer trummelt schond. *Tambour ab.* Hier meine Herrn, sinn die Schlissel zum Spritzehaus, der klähn is zum Vorlegschloß, es hot e Geheimnuß, dricke Se nordst am Schiwerche, verbreche Ses nicht, es is e Mästerstick. Awer nordst sich geeilt! geschwind! duht se eraus daß mer des Bremium krieje. *Die Pompiers ab.* Wann se sich nor eile, die Mensche. *Geht ans Fenster.* Ach! do komme die Mexter angerumpelt, ach! do des 9te Quatier, un aach noch die Juddespritz. *Den Pompiers zum Fenster hinaus zurufend.* Schickt ins Zeughaus loßt euch Bechkrenz un Bechfackele gewe! Liesi mein Hut! *Lieschen nimmt das Licht vom Tische und eilt den Hut zu holen.* Geb acht uffs Licht, Hahlgans! siehst de net, wie die Funke dervon flieje? do hammersch Exempel. Es werd mer von nun an dato kähns mehr annerschter uff den Boddem gehn, als mit der Ladern.

MILLER *kommt mit der Uniform zurück.* Hier Herr Kabbedehn is die Muntur.

CAPITAIN. Alleh! *Er zieht sich an. Miller ist dabei behülflich.*

MILLER. Herr Kabbedehn, ich rothe Ihne ziehe se ihr Feuerstiwel an; dann nasse Fieß, des is so e Sach, lieber en nasse Kopp!

CAPITAIN. Ja die Feuerstiwel. *Er öffnet einen Schrank, nimmt daraus ein paar possierliche Stiefeln und zieht sie an; Miller hilft.*

LIESCHEN *kömmt mit dem Hut zurück.* Hier Vatter!

CAPITAIN *besieht den Hut.* Des is jo net der recht; der mit der Feuer-Cucard; dummel dich! *Lieschen geht und bringt gleich darauf den andern Hut.* So jetzt is alles in der Ordnung. Es muß doch e arger Brand sein, der Therner bläßt an ähm Stück. *Am Fenster.* Do reite jo schond der Herr Brandcummesehr zum Brand; wann se sich nor nicht beschädige. Ihr Pferd sin so wild. Se hätte doch liwer zwä Herrn-Kutscher zum Fihre mitnemme solle. Mer hot Beispiele, daß so e Gaul aus dem Markstall scheu worn is. No! ich sehe, es is der alt Schimmel, der als Kommedi mitspielt, der fercht sich for Feuer un Licht nicht mehr.

MILLER. Herr Kabbedehn, es ist hoch Zeit! mer misse sehn se ich sein blos deswege mit der Spritz net fort, weil ich gedacht hab in der Stunde der Gefahr must du dein Kabbedehn nicht verlosse.

CAPITAIN. Scheen von dir, Millerche! Liesi, leicht! *Lieschen geht voraus und leuchtet; dann folgt der Capitain mit gezogenem Degen, Miller besieht die stehn gebliebenen Schoppen nach der Reihe, und steckt einen der noch halb voll ist in die Tasche.*

MILLER. Des is noch e halber uff die Rähs! *Ab.*

Siebenzehnter Auftritt.

Gretchen, der Cornet beide tragen einiges Gepäcke.

CORNET. So! das ist der herrlichste Moment zur Flucht. Alles ist außer dem Hause.

GRETCHEN. Ach! es is mer so angst

CORNET. Nur Muth gefaßt, theures Wesen

GRETCHEN. Ach! ich kann net

CORNET. Du mußt, sonst sind wir beide unglücklich! Jetzt oder nimmermehr! *Er reißt*

Gretchen mit sich fort.

Zweiter Aufzug.

Erster Auftritt.

MILLER *allein; er sitzt an einem Tisch und frühstückt; sein Gesicht ist von dem Brand her noch mit etwas Kohle beschmutzt.* Des war emohl widder e Brendge heint Nocht! Hots net gedauert bis drei Uhr de Morjend, so soll mich der lewendig Deiwel hole! Es is awwer kän Spas wann mer so die ganz Nacht in de Klähder stickt, un sein geherig Nachtruh net hot. Ich hab grad de Katzejammer, als wann ich gestert noch so viel Stoftge gesoffe het, un is mer doch kän Droppe Bier, geschweie Stoftge iwer die Zung komme. Wann ich gestert Owend des Restge Wein net mitperschwadirt het, so het mersch gar net aushalte kenne. Die Uffsicht ze hawe iwer so e Feuerschbrunst, des soll mer seim Feind net winsche! Awer do *Auf die Schnapsflasche deutend.* do steht wos do kann sich der Mann dran erhole wann er erschept is! Cunjak, der is Herr! vorablich des Morjends. Prost! *Trinkt.* Was ähm net so e Werfge den Mage fegt. No noch ähns! *Trinkt.* Awwer Schwerhacke, es war kän Klähnigkeit! Dem Schweinsberger sein Haus is rump und stump abgebrennt un e Stall. Wann sich awwer die Berjerschaft net eso angelosse het, Gott solls wisse! se wehr die halb Zeil abgebrennt. Alles hot seine Schuldigkeit gedahn *Er schlägt sich auf die Brust.* sogar die Judde! Des dank en awwer der Deiwel, des Osezeug is jo jetzt aach Borjer. Mer hot awwer gesehn wos e Spritz is, wann se uff dem rechte Fleck angebracht is. Vier Nachbarschheuser sin dorchgebroche worn um Luft ze mache un de Schläuch die Baßaasch ze effne. Es is aach erschrecklich gerett worn. Ganze Kommoder un Spichel sein dem Fenster enaus geworfe worn, un die Schiwerstän sein in der Luft erum gefloge wie e Kett Hihner. Nä! wos awwer der Musje Weigenand gedahn hot, des geht iwer alle Mensche Meglichkeit. In die Flamme is er enein wie Worscht! Er hot sich awwer aach bees bezahlt; wann mersch recht is, so hawe se'n gar hähme getrage. Do derfor hot er awwer aach der Fra geheime Räthin Hinkelbach, dem reiche Herr geheime Roth Hinkelbach sein Fra, die Ehr gehatt des Lewe ze rette. Do werd's aach e scheen Dosehr setze! awwer der Musje Weigenand nemmts gewiß net, do getrau ich mich ze barrire, dann in dene Sticke is er e bißi e Schaude.

Zweiter Auftritt.

Miller. Der Capitain.

MILLER. Herr Kabbedehn, ich hab die Ehr Ihne wohl geruht gehabt ze hawe ze winsche!

CAPITAIN. Gleichfalls, Millerche.

MILLER *reicht dem Capitain ein Glas Schnaps dar.* Ich geb mer die Ehr

CAPITAIN. Ich drinke um die Zeit kähn Schnaps; erscht muß der Kaffee drunne sein, un dann e Schoppe Wein un Solberknechelcher odder sunst was Kaltes, dernochender loß ich mer aach e Glas Schnaps gefalle.

MILLER. Noch so ere Anstrengung, wie die gestrig, muß mer e Iwriges duhn *Trinkt.* Ah! des wermt! Hette se nordst gesehn wie die Berjerschaft im Dreck gestanne hot bis iwer die Knechel, do dehte se aach e Glesi drinke.

CAPITAIN. Was Deiwel, Miller, er is jo ganz schwarz im Gesicht!

MILLER. Es kann meglich sein; ich bin die Nacht net aus de Kläder kumme; es kann sein es is so e Schornstänfäger an mer verbei geräft, odder is mer, weil ich so sehr derbei wor, Esch ins Gesicht gefloge. Es werd awer gleich abgemacht; ohne Säferege werds net gehn.

CAPITAIN. Hot mer dann noch net eraus krie kenne, dorch was es angange is?

MILLER. Gestert beim Brand hots gehäße, es het e Mähd Gensfett brotzele wolle, un do wehr des Fett ins Feuer geloffe

CAPITAIN. Do hammersch Exempel, awwer heint nemm ich mein Mähd vor!

MILLER. Un wie ich heint Morjend hie uff dem Stuhl berwakirt hab, do hehr ich frei uff der Gaß redde; ich stecke mein Kopp dem Fenster enaus un guck, da warsch hie Beckerschmähd un e Balwirerschgesell, die hawe minnanner geredt, un do sagt die Beckerschmähd, es wehr dorch e Tuwakspeis angange, es het e Kutscher im Stall geraacht.

CAPITAIN. Die Knecht wärn aach vorgenomme!

MILLER. Un der Balwirerschgesell hot die Beckerschmähd uff Kawaliersch Barol versichert, es wehr dorch so e neumodisch Feierzeig angange, wo mer nordft des Schwewelhelzi in e Glesi stecke duht um's anzestecke. Er hots eso verzehlt: Die Madam het Narvekoppweh kriht, un do het se geschwind schwarze Kaffee koche wolle, aach in so ere neimodische Kaffekann, un mit dem Schwewelhelzi do het se wolle de Speritus anzinne, un

do weer der Speritus iwergeloffe, un in Flamme uffgange, un het de Vorhank erwischt

CAPITAIN. Do hammer die Bescherung mit dere Neimodischkeit! die is for nix gut, als for die Heuser anzezinne. Dehte die Leit als Zunner nemme, un en Schwewelfaddem, un en Feierstän, un dehte se de Kaffe in eme Dippe koche, und endlich felterire, do wehr erschtenlich der Kaffe besser, und zwettendlich dehts kän Feierschbrinst gewe. Ich bleiwe beim Alte!

MILLER. Ich aach!

CAPITAIN. Hot mer dann noch net in Erfahrung brenge kenne, wer derjenige Mensch war, der diejenige Persohn aus dem Feier geholt hot?

MILLER. Ei des wor ja der Musje Weigenand!

CAPITAIN. Wos er seegt!

MILLER. Un die Persohn, des wor die Fra Geheimeräthin Hinkelbach.

CAPITAIN. Des wehr Ja wie sich d e r Mensch hervorgedahn hat, es is merkwerdig! Unverachtet seiner Studirtheit hot er an der Spritz gebumbt wie e Alter

MILLER. Des hot er, wanns net wohr is Herr Kabbedehn, so soll mich un Ihne des Gewitt

CAPITAIN *verweisend.* A Miller Un wos hat der Mensch vor Gedanke ausgeibt: Aehnmol, do hawe die Berjer all in ähner Reih gestanne, un hawe sich des Wasser gerähcht; do kam mein Weigenand, un hot en gesagt, mit Heflichkeit, mer selt zwä Reihe mache; in ähner Reih, do sellt mer die volle Aehmer rähche, un in der annern die leere. Des hot aach gleich e jedermann eingesehe un bewunnert, bis uff ähn Jud.

MILLER *schnell einfallend.* Ja, Herr Kabbedehn e J u d is en Oos!

CAPITAIN. Was duht awwer mein Weigenand? mein Weigenand net faul, der gibt dem Jud en Stumper, das er grad mit dem Kopp widder e Lähtfaß gefahrn is, do is der Boddem dervon eingefalle, un des Wasser is iwer den Judd ennaus. Do hot alles gelacht un gejuwelt, un die Buwe hawe gepiffe un hawe gerufe: guck! do werd e Jud gedahft! Ich hab mich schepp un bucklich gelacht.

MILLER. Ja es is nix in der Weld so draurig, wo's net doch aach als en Jux derbei gehb? Er soll sich awwer bees bezahlt hawe der Musje Weigenand.

CAPITAIN. Wie so?

MILLER. Es is em gewiß e feuriger Balke uff den Aarm gefalle, so daß sen beinah hähme gedrage hawe.

CAPITAIN. Der ahrm Dropp! Wann em nordst ze helfe is! Millerche es weer wertlich Jammer un Schad No ich sage nix. Millerche jetzt geh enaus un ruf mer die Mähd un die Knecht zesamme, breng se doher, ich will en die Levitte lese.

MILLER. Ganz wohl Herr Kabbedehn, wie Se befehle! *Ab.*

Dritter Auftritt.

CAPITAIN *allein.* Wie sich doch ähn Mensch an dem annern Mensche vergucke kann. Hett ich des mein Lebstag von dem Weigenand gedacht! Ich muß mer wahrlich selbst

Vorwerf mache, daß ich den Menschen s o behannelt hab, blos aus der allähnzige Ursach weil er ahrm is. Fuy Deiwel, schehm dich alter Kabbedehn is des Christendumm? En Mensche, der e Borjerschkind is, mer hehrt sem freilich nicht mehr an, der sogar mir von dem Herr Parrer reommandirt is, so abspeise ze wolle Nein, geschwind mach dein Sach widder gut. Ja er solls Liesi hawe! do haw ich aach en brave Schwigersohn, der mer mein Mädge net verderwe duht, wann se emohl sein Fraa is, un hot er ehemohl kän Geld, se hot er doch en gescheide Kopp. Ich hab mer bei dene s c h l e c h t e Z e i t e aach was gespahrt, so daß ich meim Liesi e aartlich Kindsdähl mitgewe kann. Un wos soll des all minanner. Wann sich ähn Mensch so vor der annern Menschheit zeigt, wie dieser Mensch, do misse alle Flause uffheern. Alt bin ich! wer wähs ob sich mein Liesi se entschließe werd en annern ze nemme, do deht ich jo am End kän Enkelchern erlewe. Nä er soll se hawe. Es ist beschlosse. Der Allmächtige gewen sein Seege, der meinige fehlt nicht. Haw ich's en awwer so lang sauer gemacht, se kenne se aach noch e bißi wahrte. Sie derfes noch net gleich wisse. Heint Awend erscht do wärn einige gute Freind inventirt, un do werd gleich Verspruch gehalte. A ha! do kimmt der Miller mit dem Gesinn.

Vierter Auftritt.

Der Capitain, Miller, drei Knechte und drei Mägde.

CAPITAIN *wirft sich mit vieler Gravität in einen Lehnsessel.* Seid ihr do? Millerche! die Knecht uff de rechte Flichel, die Mähd uff de linke Flichel. Alles in seiner merledehrische Ordnung in meim Haus. Miller! mein Hut, mein Stock!

MILLER *indem er dem Capitain Hut und Stock bringt, zu dem Gesinde.* Jetzt kriht er euer Fett.

CAPITAIN *mit bedecktem Haupt, den Stock in der Rechten.* Satansgezeig vermaledeytes! Wer is Schuld dran, daß große und klähne Gebeilichkeite abbrenne, daß ganze Stedt verwißt wärn, dorch die Flamme? Wer? Meistenthäls des Gesinn. Ich will nicht druff schwere, daß die Stadt in Ungern, wo dervon in der Nernberjer Zeidung gestanne hot, net aach dorch e Mähd angange is. Ich will's Eich gesagt hawe ähnmohl vor allemohl, daß er mer vorsichtig seid mit Feier un Licht! Un vorablich ihr Borsch, daß er mer net raacht! So wie ich ähn begegne duhn mit der Nuddel im Maul, se schmeiß ich sem eraus, daß em die Zähn in Hals fahrn! Un ihr Mähd, daß er mer net wie bisher geweneglich mit de Lichter im ganze Haus erum flankirt! Nemmt die Ladern Schinneser! Un ihr Lisbeth, tret se emohl hervor! will ich bei der Gelegenheit in Gutem rothe, daß se sich's vergehe leßt, ohne Käppche auszegehn. Meent se ich het se net gesehn am Sonndag der Hinnerdihr enaus witsche, im bloße Kopp, mitere rothe Schaal un gäle Schuh? Wo is se dann do hin gange? he? noch Bernem? Schottisch danze? net wohr? Ich sag es Eich noch emohl, ich leide kän

Mähd im bloße Kopp, un aach kähn Hausknecht mit Umschlegstiwel wie ich ihn aach emohl gesehn hab, Valentin. Wo will dann deß enaus? uff nix als wie uff Lumberey! Un Sie, Katherine, will ich net noch emohl mit dem Kaafmannsdiener sehn. Meent se, mer wißts net? Ich wähs alles? doher kimmts, daß die Suppe so versalze wärn; kän Wunner wann mer des Nochmittags so viel Dorscht hot. Jetzt Punktum, Strei Sand drum! Rechts in die Flanke Rechts um Packt eich! *Gesinde ab.*

MILLER. Des wor recht, Herr Kabbedehn; so selltes die Mensche alle Woch zwämol hawe.

Fünfter Auftritt

Die Vorigen. Lieschen.

LIESCHEN. Ach Vatter! alles Unglick trifft heint zesamme!

CAPITAIN. No?

LIESCHEN. Der Weigenand, ach! der hot sich den ganze Ahrm kriminal verbrennt.

CAPITAIN. No! dem wern ich e Plaster verrothe.

LIESCHEN. Un *Ängstlich.* un

CAPITAIN. No! un?

LIESCHEN. Ach! die Gretche!

CAPITAIN. No! eraus dermit

LIESCHEN. Ach Vatter! erschrecke se awwer net.

CAPITAIN. Geb's von der!

LIESCHEN. Ach! die Gretche is fort schond seit gestert Awend Ach! un wahrscheinlich mit dem Offizier.

CAPITAIN. Dorchgange?

LIESCHEN. Ja! Uff ihr'm Dischi hot se d e n Brief leye losse; er is an Ihne. *Gibt ihm den Brief.*

CAPITAIN. Ach, was e Schand for uns! *Liest.* An Herrn Zape Zape Kabbedehn Kimmelmeyer. *Erbricht den Brief und liest ferner.*

Liebster Herr Onkel!

»Verschiedene Beweggründe haben mich bewogen Sie zu verlassen; besonders aber die Liebe: die Liebe, ach die Liebe hat mich so weit gebracht!«

Do hammersch, des kimmt all von dem verfluchte Komedi laafe do ewens lerne se die Lumbereye! *Fährt fort zu lesen.*

»Der Herr Lieutenant von Daxowitz besitzt mein ganzes Herz. Nur in seinen Armen werde ich glücklich, werde ich die Gattin und Mutter, wie sie sein sollte, sein.

Von seiner Liebe, von seiner Treue bin ich überzeugt; deswegen wagt ich diesen Schritt. Ich widme ihm mein ganzes Leben, er widmet mir sein ganzes Leben.

Für alles Gute was ich in Ihrem Hause empfing, werde ich Ihnen ewig dankbar sein. Auch als Frau von Daxowitz werde ich mich zuweilen Ihrer Familie erinnern.«

Canaille! werschtde?

»Alle weiteren Nachforschungen nach mir sind vergebens   denn ich bin in sichern Händen.«

Margerethe, Maria Catharina

K i m m e l m e i e r.

LIESCHEN. Den Brief hot er gewiß der Daxowitz diktirt.

CAPITAIN. Der Lump, der Verfihrer!

LIESCHEN. Sie sin gewiß noch net weit, wann mer se verleicht noch einhole kennt?

CAPITAIN. Du host recht, Liesi, awwer wie mache mersch die Haaptsach is, daß die Sach verdukkelt werd, dann die Schand iwwerleb' ich net!

LIESCHEN. Wann mer nor wißt, wo se enaus wehrn?

MILLER. Laafe se uff die Post, Herr Kabbedehn, do kenne ses gewiß erfahrn.

CAPITAIN. Nor daß nix unner die Leit kimmt.

LIESCHEN. Ja Vatter, laafe se uff die Post.

CAPITAIN. Es is net annerschter, uff die Post! Miller, mein Hut, mein Stock! Wahrt Osemädge, wann ich der uff die Spur komme; dich un dein lumbige Baron werd der ! Miller, komm er!

Capitain und Miller ab.

<u>Sechster Auftritt.</u>

LIESCHEN *allein.* Ach! was Unglick iwer Unglick *Sie weint.* Ach! het mer die Gretche nor gefolgt, so wehr se net eso ins Verderwe gerennt. Der verflucht Offezier! Die Inkwatirung is doch for nix gut als Unglicker anzerichte. Ach Gretche, dein Ripetazion is verlohrn! de krigst mein Lebtag kähn Mann mehr. Ich hab's immer gesagt: so gehts, wann mer so scheene gute Freindinne hot! Es is awwer nie druff gehehrt worn. Do is se immer mit des Meyersch Kathrinche, mit des Schmidte Sannche un mit des Stumplersch Käthche gange. Uff alle Bähl is se erum fachirt, zischem Bockemer un Eschemer Dohr is se an ähm fort erum geloffe, un ich will net druff schwern, daß se net aach emohl hähmlich uff dem Offebecher Maskebahl war. Doher kimmt awwer des Verderwe von de Mädergern! dehte se dehähm bleiwe, un hette e sollid Bekanntschaft, do bliewe se bei Ehrn. Fortzelaafe mit eme Offezier es is gar ze arg! Wann se dann abselut nixnutzig het wärn wolle so het se doch besser die Galanderi gelernt, odder wehr ins Kohr gange. Nä! fortzelaafe mit eme Offezier des is zu doll! Ach! un mein Aagust, der hot sich sein Ahrm verbrennt. Wann ich nor wißt wie's em ging. Er kennt wohl emohl herkomme. Awwer freilich der Vatter hots net gern. No! in dem Truwel kennt ersch wohl reskirn.

Siebenter Auftritt.

Lieschen. Knorzheimer tritt etwas behutsam ein.

KNORZHEIMER. Gute Morje! So allähns, Junfer Wesi?

LIESCHEN. Gute Morje, Herr Vetter!

KNORZHEIMER. Schond so frih uff? Ja, uff so e Strawatz schleft mer net gut! der Herr Kabbedehn sin heint aach schond so frih eraus

LIESCHEN *antwortet nicht gleich, später.* So?

KNORZHEIMER. Enja! So ganz frih schond erraus, des muß

LIESCHEN. Geschäfte.

KNORZHEIMER *etwas leise zu Lieschen.* Es hot doch nix uff sich?

LIESCHEN. Nä!

KNORZHEIMER *eben so.* Der Miller is awwer mit.

LIESCHEN. No! Se wärn uff de Brandblatz gange sein.

KNORZHEIMER. Des dressiert awwer do net eso. Ich hawen nachgeguckt, se sin dran verbei, die ganz Zeil enuff; ob se uff die Friborjergaß sein, des haw ich von wege dem Nachber seim Iwerhang net sehn kenne, awwer der Miller hot wos von der Post geredt, un der Herr Vetter warn sehr schoffirt. Ich mocht net frage Sie wisse jo

LIESCHEN. No, wann se nu aach uff die Post sin, wos is do?

KNORZHEIMER. No! also sin se druff. Aha! es spannt gewiß e fremder Potendaht do um?

LIESCHEN. Ich wähs net!

KNORZHEIMER. Sie w i s s e s ! M i r kenne se's sage, ich sage nix weiter.

LIESCHEN. Schehme se sich, Herr Vetter, wer werd so neuschierig sein.

KNORZHEIMER. Neuschierig bin ich net. Awwer ich megt doch wisse So frih Morjends mit dem Leibschitz? hm! hm! des muß wos uff sich hawe. Mamsell Liesi! Mir sage se's, ich duhn Ihne emohl widder en Gefalle.

LIESCHEN. Losse se mer mein Ruh! Gehn se hin un frage se sen selberscht. Ich had kän Zeit. *Will ab.*

KNORZHEIMER. Junfer Liesi! Noch ähns!

LIESCHEN. A! Wa!

KNORZHEIMER. Junfer Liesi!

LIESCHEN. No?

KNORZHEIMER. Se krienen Ich wähs es

LIESCHEN. Was redde se widder so ebsch!

KNORZHEIMER. Wann ich Ihne sage, se krienen, den bewußte Liebste

LIESCHEN *sich zierend.* Wie ähnfällig!

KNORZHEIMER. Ich wähs es bestimmt! ich hab's aus des Geheimerathe.

LIESCHEN. Uhze se sich mit sich!

KNORZHEIMER. Barol! Sage se mer was es uff sich hot mit dem Gang, se sag ich Ihne aach ebbes.

LIESCHEN *bei Seite.* Ich muß es wisse des anner bleibt doch net verschwiche. *Laut.* Se wolle den klähne Offezier verfolge, der hot der hot was mitgenumme.

KNORZHEIMER. Weiter nix? Die Leindicher, netwohr? Ja, des mecht die Inkwatirung so! Jetzt Wäsi, jetzt hehrn se mich! Sie krie de Weigenand der geheime Roth werd for en sorje, von wege der bewußte Heldedaht des is e Lowens in dem Haus iwwer d e n Mensche!

LIESCHEN. Is's meglich?

KNORZHEIMER. Ja, er is schon heint in aller Frih an dem Herr von Nebelflor seim Haus verbeigange, do logire jetzt der Herr geheime Roth von wege der Einäscherung des ihne ihrige, do hot em der Herr Kammerdiener un der Kutscher, des sein sonst stolze Mensche, e Komblement gemacht des bedeit was guts. Ich wähs awwer sonst noch aus ere gute Quell, daß der Herr geheime Roth gesagt hawe, Sie wollte for en sorje. Un die geheime Räthin hot gesagt er mißt Ihne hawe kut ki kut *Mit Laune.* Ich glawe, sie deht en uff der

Stell selbst nemme, wann se net schon den alte Herrn geheime Roth het. No es is e scheener Mensch!

LIESCHEN. Ach gehn se!

KNORZHEIMER. Des werd e Haussteier gewe, die sich gewesche hot! Der Mann is reich, der vermog wos.

Achter Auftritt.

Die Vorigen. Capitain.

CAPITAIN. Alles so weit in Ordnung; nix vor Ungut, Herr Knorzheimer!

KNORZHEIMER. Bitte.

LIESCHEN. Hot mer die Spur?

CAPITAIN. Gottlob ja nach Fribberg

LIESCHEN. Is dann Jemand nach?

CAPITAIN. Ja hehr nordst! Wie ich zum Herrn Postmähster komme bin, do hab ich em die Sach verzehlt un hawem die Perschone beschriwe. Dodruff sagt mer der Herr Postmähster, so gege Elf Uhr gestert Awend, wehr e Offezier mit er verschleierte Mamsell komme, der het e Kutsch nach Fribberg verlangt, un korz, aller Beschreiwung nach warn se's. Ich besinne mich hin ich besinn mich her, was ze duhn wehr, endlich sacht ich zum Herr Postmähster: Spanne se e Kutsch nach Fribberg ein, Herr Postmähster, sacht ich

LIESCHEN. No un?

CAPITAIN. Um Gotteswille, was wolle se mache Herr Kabbedehn, seegt der Herr Postmähster, wollen Sie vielleicht Ihr selbsteige Persohn um so e osig Medge in Gefahr sterze Nein, doderzu rothe ich Ihne net, segt der Herr Postmähster. Sie hawe recht, sacht ich; ich wähs was ich duhn, sacht ich.

LIESCHEN *ungeduldig.* No, was hawe se dann gedahn?

CAPITAIN. Nordst Geduld! de sollsts erfahrn un de werscht mein Anstalte bewunnern. Ich laafe gleich zum Herrn Eppelmeier, stell em die Sach vor un sag em: er wehr der Mann dervor, weil er e Gelähtsreiter is, un wie ich en uff alle Art un Weiß gebitt hab, se segt er endlich: Ja! zieht sein Schorzfell aus, duht sein Gelähtsreidermundur an, sein Fra berscht se'm aus, schnallt sein Säbel an, leßt den Fuchs sattele, un will fort; da sag ich awwer, Herr Eppelmeier, Sie misse Beistand hawe. Ich laafe gleich gegeneriwer um Herrn Bierbrauermähster Bittersalz, der leßt sogleich sein Rapp aus dem Rollwage spanne es werd em e Sattel uffgelegt; des Millerche schnallt e paar Sporn an, mecht sich e Peif an, un fort wehrn se alle bähd

KNORZHEIMER. Ich hab's jetzt eweck! Ich laafe an's nei Dohr, ich muß se komme sehn *Ab.*

CAPITAIN. Herr Vetter halte se, Bst! en Ageblick! Er is gar net mehr ze halte.

KNORZHEIMER *vor der Thür.* Ihne, Junfer Liesi, wärn ich noch e angenehmer Bott wärn, ich losse mersch net nemme.

LIESCHEN. Des is nu wohr Vatter, ihr Anstalte hawe se gut gemacht.

CAPITAIN. Des Scheenst is, daß wann er sche net gutwillig eraus gibt, daß do Gewalt gebraucht werd. Sie sein jo doch selt zwet. Jetzt, Liesi muß ich mersch uff die Strawatze e bißi kommod mache. Hol mer en Schoppe Wein un e bißi was ze krustelire, un breng mersch in mein Stub.

Lieschen ab.

Neunter Auftritt.

CAPITAIN *allein.* Wann mer nordst des vererrt Schaaf widder zur Heerd getriwe werd, dann soll sich der heintige stermische Dag frehlich endige. Sie werd e Braut, awwer wisse derf se's net ehnder, als bis alles in der Ordnung is. *Ab in sein Zimmer. Lieschen folgt ihm mit dem Wein etc. bald darauf nach.*

Zehnter Auftritt.

WEIGENAND *allein; er trägt den Arm in einer Binde.* Hier ist auch niemand zu finden. Wenn ich nur wüßte, was an dem Gerede wäre. In der ganzen Stadt heißt es, Gretchen

Kimmelmeier hätte ein General entführt und Lieschen hätte mit mit einem andern Offizier durchgehen wollen. Dazu lache ich nun, denn Lieschen entführt mir kein Gott viel weniger ein Offizier. Indessen möchte ich doch wissen wie sich die Sache verhält; etwas davon muß wohl wahr sein aha! da kömmt Lieschen.

Elfter Auftritt.

Weigenand. Lieschen.

WEIGENAND. Guten Morgen, Lieschen! Gut, daß du kömmst.

LIESCHEN. Ja, scheene Sache!

WEIGENAND. Nun?

LIESCHEN. Die Gretche hot en scheene Schkandahl gemacht!

WEIGENAND. Man spricht in der Stadt davon.

LIESCHEN. Is es meglich? un was dann?

WEIGENAND. Ein General hätte sie entführt.

LIESCHEN. Nix Jenneral, der klän Leidenand.

WEIGENAND. Dacht ich's doch gleich Aber es ist schrecklich, wie man hier alles vergrößert! Stelle dir nur vor, man erzählt sich sogar, dich hätte ein anderer Offizier entführen wollen.

LIESCHEN. Ach! Ach! Jetzt komm ich aach ins Geredt.

WEIGENAND. Ich habe überall dieses Geschwätze widerlegt. Laß auch einige unserer jungen Herren[1] deinen Namen eine Zeitlang im Munde führen.

LIESCHEN. Ach, an dene ihrm Geschwätz leit mer nix, dann die losse kän Medge ungeroppt. Dene is noch kän schlecht genug.

WEIGENAND. Und vernünftige Leute, die dich und mich kennen, werden nichts der Art dir nachreden.

LIESCHEN. Du host mich beruhigt Awwer sag nor dein Ahrm ach Gott! brauchst de dann wos; es is gewiß recht ahrg?

WEIGENAND. Kleinigkeit! es ist durchaus nichts an dem Arm verbrannt; das Meiste ist Geschwulst. Ein brennender Balken stürzte herab und mir auf den Arm.

LIESCHEN. Net wahr, wie de die geheime Räthin Hinkelbach aus de Flamme geholt host. *Zärtlich und gerührt.* Mein lieber guter Aagust Ach verzehl!

WEIGENAND. Lieschen, spare mir die Erzählung, es würde mich Ueberwindung kosten. Auf ein andermal sollst du alles wissen. Du wirst ja auch den Vorgang schon von andern haben erzählen hören: freilich nicht so einfach, wie er war, sondern etwas wohl ausgeschmückt: ja nun das ist so der poetischen Frankfurter Art. Ich war besorgt es mögte dir solche Uebertreibung zu Ohren gekommen sein, deswegen wagt' ich es hierher zu kommen, damit du es sehen solltest, daß es nicht so arg ist. Aber, höre Lieschen, hat man denn noch keine Vermuthung, welchen Weg unser Flüchtling eingeschlagen hat?

LIESCHEN. Gewiß! Sie sin nach Fribberg.

WEIGENAND. Da müßten sie wohl noch einzuholen seyn, ich will

LIESCHEN. Es werd en schond nachgesetzt.

WEIGENAND. Durch wen?

LIESCHEN. Der Herr Eppelmeier, der bei de Glähtsreider is, der is en nach, mit dem Leibschitz.

WEIGENAND. Wenn die nur keine dummen Streiche machen!

LIESCHEN. Mer wolle des Beste hoffe.

Zwölfter Auftritt.

Die Vorigen. Capitain.

WEIGENAND UND LIESCHEN *sehr betroffen.*

CAPITAIN *geht freundlich auf Weigenand zu.* No, Herr Weigenand, gewe Se mer e Hand! *Reicht ihm die Hand zum Handschlag dar. Weigenand schlägt zögernd ein.* So

WEIGENAND. Herr Capitain!

CAPITAIN *reicht ihm wieder die Hand.* Da! noch e mohl *Eben so.* un noch emohl dann aller gute Dinge sein Drei! Vor Ihne kann nordst e jeder Frankforter Berjer den Hut abduhn. Vornehm odder gering dann was Sie gestert gedahn hawe, des mecht Ihne kähner so leicht nach.

WEIGENAND. Ich habe meine Pflicht gethan.

CAPITAIN. Nä! Se hawe Zehedausendmohl mehr gedahn. An alle Ecke, wo's gefehlt hot, warn se. Do mit Roth selt mit Daht. Un daß Se sich so bei der Spritz von unserm lebliche 15te Kwadier gehalte hawe, des vergeß ich Ihne mein Lebdag net.

LIESCHEN *mit sichtbarer Freude.* Des war blos aus Anhenglichkeit zu unserm Haus, dann er het ja ewe so gut an ere annern Kwatierspritz bumpe kenne.

CAPITAIN. Ja, wahrlich! seint Gestert kann ich Ihne gar net mehr bees sein.

LIESCHEN *freudig hüpfend.* Derf ich en

CAPITAIN. Schwei!

Dreizehnter Auftritt.

Die Vorigen. Miller in Leibschützen-Uniform an den Kamaschen hat er Sporen geschnallt,

ohne Hut.

CAPITAIN. Millerche! wie is es?

MILLER *geht sehr steif.* Mer hawe se!

CAPITAIN, LIESCHEN, WEIGENAND *zugleich.* Die Gretche? Wo?

MILLER. Se werd gleich nachkomme, der Herr Eppelmeier hot se in ere Kutsch, un reit newe her, Gott straf mich! Blank gezoge. Awwer hehre se, Herr Kabbedehn, was mer baßirt is

CAPITAIN. Doch nix Beeses?

MILLER. Außer en Wolf, den ich mer geritte hab hehre se nordst mein Geschicht: Ich reite der Ihne mir nix, dir nix hinner dere Kutsch her, un denke an gar nix Uff ähn mohl fengt der Rapp an Mennerchern ze mache. Ich ruf em zu: Fuy Mennche! er schärt sich den Deiwel drum un Wub! ä h n Satz un ich war vor der Kutsch, un verlohr mein Hut. Jetzt krag er awwer die Schwernoth in Leib, bluß un sporr die Naselecher uff; un wie er gar den Parrthorn sah, da wars volligster aus, do fung des Oos der Ihne an ze lahfe, ze lahfe, ze lahfe, daß mer des Heern un Sehn vergung. Do is der Racker ewe geloffe im pleh Korreh, dorch die ganz Stadt bis in Stall, un do bin ich.

WEIGENAND. Und der Hut?

MILLER. Der is de Katze; ich lossenen awwer doch mit de Umständ ins Blettche setze.

WEIGENAND. Wie habt Ihr dann die Gretchen wieder bekommen?

MILLER. Ey, unser Lewe hammer dran gewogt. Des Oos, der Fennerich, hot zwähmol nach dem Seitegewehr gegriffe.

CAPITAIN *geht ans Fenster.* Victoria! da komme se! *Alles läuft nach der Thüre.*

Vierzehnter Auftritt.

Die Vorigen. Gretchen in Reisekleidern und verschleiert.

Eppelmeier in Geleitsreiter-Uniform und etwas im Rausch.

EPPELMEIER *führt Gretchen herein.* Do Herr Kabbedehn, hawich den Dolequent!

GRETCHEN *fällt dem Capitain zu Füßen und weint.* Ach! liebster, bester Herr Unkel, verzeihe se mer; ich will's ja mein Lebdag net widder duhn!

CAPITAIN. So? ich will mersch merke, Karnalie! Eweck mit der Fahnel *Reißt ihr den Schleier weg.* ich will dich beschleiern. Steh uff Sag Medge, was soll ich mit der mache?

LIESCHEN. Ach! lieber Vatter, verzeihe ser; sie is ja genung gestraft.

GRETCHEN. Ach! gewiß bin ich's, wehr ich doch nor net mitgange!

LIESCHEN. Se bereit's ja aach.

CAPITAIN. So? bereust de's? Dodermit is es awwer net abgedahn. Aus dem Haus mußt de Nix ich will mein Lebdag nix mehr von der hehrn. Dein Vatter seelig hot dich mir uff mein Seel gebunne; un jetzt mechst de mer s o Strähch! Is des der Lohn dervor, daß ich dich von Kindsbähne an uffgezoge hab?

GRETCHEN *weint.* Ach! lieber Unkel, ich bin verfihrt worn.

CAPITAIN. Mer muß sich net verfihrn losse, de bist doch wahrhaftig alt genug, un sellst wisse

EPPELMEIER *lallend.* Herr Kabbedehn Mache se doch kän Sache mer wahrn ja aach jung!

CAPITAIN. Herr Eppelmeier Ihne statt ich mein Dank ab for die richtige Abliwerung dieser Person. Gretche bedank dich bei'm Herr Eppelmeier!

EPPELMEIER. Is net von nethe die Junfer hawe sich schond genug bedankt, un uffrichtig gesagt, se warn sehr froh, wie se mich gesehe hawe.

CAPITAIN. Wo war dann des?

EPPELMEIER. Ze Filwel. Weiter sein se net komme. Do war Casinobahl heint Nacht, do hawe se sich uff gehalte. Es is awwer sehr scheen ze Filwel *Lachend.* e Stootsweinche gibts do im Hersch. Merke se mer nix an, Herr Kabbedehn? ich hammich getroffe, ha, ha, ha! Bei so Extragelegenheite do muß mer e Iwriges duhn, un in der Mundur haptsächlich, do muß mer e bißi wild sein. Mer sitzt aach gleich besser bei'm reite.

GRETCHEN. Ach, liebster, scheenster Herr Unkel, ich will Ihne alles verzehle.

CAPITAIN. Red mer nordst die Wahrheit!

GRETCHEN. Wie ich mittem in Filwel war, do is mersch ganz unhähmlich worn, ach! da fing ich an ze flenne, un hab gedacht, weerschst de doch net mitgange. Aus all seine Reddensarte hab ich gemerkt, daß er mich anfihrn will   un wie der Herr Eppelmeier komme is, do bin ich gleich zu em, un hawen gebitt, er meecht mich doch mitnemme, dann bei d e m Mensche wollt ich net bleiwe. Schon wie ich vorm neue Dohr war, hot mich alles gereit, un es war mer so lähd un uff der Wart do fing ich laut an ze heile awwer was wollt ich mache?

CAPITAIN. Ja! wer A seegt, muß B sage!

LIESCHEN *Gretchen die Hand reichend.* Mer wolle widder gute Freindinne sein, un wann mer de Vatter recht bitte, se verzeiht er der aach, un nemmt dich widder zu Gnade an. Netwohr Vatterche?

CAPITAIN. Ja, wann er will so gut sein!

LIESCHEN. Es kann ja e jeder Mensch emohl fehle. Verzeihe ser!

WEIGENAND. Verzeihung für Gretchen!

EPPELMEIER. Herr Kabbedehn, losse se's vor desmohl so derbei bewenne, mache se S o . *Er sieht durch die Finger.*

CAPITAIN. No! vor desmal soll der verziehe sein; awwer uff e paar Woche must de mer aus der Stadt, bis de aus dem Geredd bist.

GRETCHEN *küßt dem Capitain die Hand.* Ach liebster Herr Unkel, sie sein z u gut.

EPPELMEIER. Wann i c h Ihne rothe soll, Herr Kabbedehn, so lasse Se die Junfer Gretchen hier des is sonneklarer Brofit for die Werthschaft; do solle se e mohl sehn wie's e por Dag hinnernanner so voll sein werd. E jeder werd se sehn wolle un so e jeder drinkt sein Schoppe Wein.

WEIGENAND. Aus Ihnen spricht der Wein!

EPPELMEIER. Ja! Wein, des is die Bank!

MILLER *bei Seite.* Er hot!

CAPITAIN. Awwer jetzt zur Haaptsach! Gretchen, du bist gestraft genug, vor die Dummheite, die de gemacht hast, dann for d e s nemm ich's, un vor nix annerschter. Verzeihe, sag ich noch emohl, will ich der von Herze gern, nor awwer besser dich! Dir awwer Liesi, dir hab ich en Mann bestimmt, en Mann vor dem e Jeder Respect hawe muß. *Er nimmt Weigenand bei der Hand und führt ihn Lieschen zu.* Do host en, sei glicklich!

Fünfzehnter Auftritt.

Die Vorigen, Knorzheimer tritt eiligst mit einem Brief in der Hand auf.

KNORZHEIMER. Do is was! Schwarz uff weiß. Ach ich sehn schond, es hot doch sein Nichtigkeit schond mit Ihne zwäh.

CAPITAIN. Ja des hots! *Auf Weigenand zeigend.* Des is der Zukinftige!

KNORZHEIMER. Des hab ich schon lengst so komme sehn. *Zu Weigenand.* Gratelier! Do is awwer wos von dem geheime Rath, des sich gewesche hot. *Gibt ihm den Brief.* Basse se uff es is e Häusi drinn, daß es net eraus fällt.

WEIGENAND *indem er liest.* Das ist zu viel! Nein ich kanns nicht annehmen.

KNORZHEIMER. Ich hammersch doch gleich gedacht Se dehte Sparjemente mache, deswege haw ich den Herrn Geheime Rath gebitt, er sellt m i r s c h ufftrage. Sie warn sehr in Verlegenheit, mit was se sich dankbar bezeige sellte, da hawe Se mich, als en vertraute Mann, um Roth gefragt.

CAPITAIN. Viel Ehr!

WEIGENAND. Lieber Vater lesen Sie! *Gibt ihm den Brief.*

CAPITAIN. E Haus! was e Mann!

KNORZHEIMER. Ja! ewens weil der Herr Geheime Rath gar net gewißt hawe, uff welche Art se ihr Dankbarkeit beweise sellte dann Geld, des sagten se selbst, des het nicht gebaßt. Do haw ich Ihne gesagt: do draus vor dem Eschemer Dohr, da hawe se so e Garteheusi; was duhn se dermit, sie wohne ja doch mein Lebsdag net drinn, die Spatze baue ja Nester enein do wersch ja besser die zwäh junge Leut dehte sich e Nestge enein baue.

WEIGENAND. Herr Knorzheimer, mit welchem Rechte konnten Sie ?

KNORZHEIMER. Mit welchem Recht? was e Geschwetz: A, wann mer net vor sich selbst redde kann, do muß mer Leit hawe, die vor ähm redde.

WEIGENAND. Aber unberufen!

CAPITAIN. Herr Weigenand, se breiche sich net ze schehme; von so eme Mann kann mer figlich was annemme, derzu e Gartehäusi! Ich hab Ihne ja aach des Liesi, blos von wege Ihre Heldedahte gewe bedenke se nordst!

WEIGENAND. Nun, es sey!

LIESCHEN. Ach Vatter, ich wähs gar net, was ich sage soll, vor lauder Frähd.

GRETCHEN. Ehrlich währt am längste!

MILLER. Es hot jo lang gedauert, bis se sich kricht hawe.

WEIGENAND. Herr Capitain, mein Vater, wie soll ich Ihnen danken?

CAPITAIN. Habt mich lieb, un bleibt so brav, se bin ich zefridde.

MILLER. Herr Hochzeiter, Junfer Braut, ich gratelirn!

EPPELMEIER. Ewefalls, mein Glickwunsch, Herr Weigenand, Junfer Liesi, Sie hawe des beste erwehlt, Junfer Gretche, baldige Nachfolg!

CAPITAIN. Merk dersch, Gretche, wann de heirothe willst, in Gottesname, awwer fang's mit dem Dobleiwe an, mit de Fortlaafe duht sichs net.

EPPELMEIER. S i e duhn's gewiß net mehr, sie hawe e Hoor drin gefunne.

GRETCHEN. Wer den Schadde hot, derf for den Spott net sorje.

WEIGENAND. Nie mehr sei die Rede von Gretchens Abenteuer!

ALLE. Nie!

WEIGENAND. Ein Schurke, der sein Wort nicht hält!

ALLE. Es gilt! topp.

CAPITAIN. Weil sich dann alles uffgeklehrt hot, so wolle mer aach den Owend unnerenanner vergnigt zubrenge. Drinn uff dem Disch steht schond der Brothe un der Sollat. Uff Lähd folgt Frähd!

MILLER. Mege mer des uns bevorstehende Glick in Ruh un Friede genieße. Die Junfer Brut un der Herr Braitigam solle lewe, un des ganze Kimmelmeierische Hauß dernewe! Hoch!!

ALLE. Hoch!!

Fußnoten

1 Hier: unverheiratete Mannspersonen von 30 bis 50 Jahren.